Über die Autorin:
Judith Taschler wurde 1970 in Linz geboren und lebt mit ihrer Familie in Innsbruck. Sie hat Germanistik und Geschichte studiert, war im Anschluss als Lehrerin tätig und ist freie Schriftstellerin. 2011 erschien ihr erster Roman »Sommer wie Winter«.

JUDITH W. TASCHLER

DIE DEUTSCH-
LEHRERIN

ROMAN

DROEMER

Besuchen Sie uns im Internet:
www.droemer.de

Vollständige Taschenbuchausgabe Dezember 2014
Droemer Taschenbuch
© 2013 Picus Verlag Ges.m.b.H., Wien
Ein Imprint der Verlagsgruppe
Droemer Knaur GmbH & Co. KG, München
Alle Rechte vorbehalten. Das Werk darf – auch teilweise –
nur mit Genehmigung des Verlags wiedergegeben werden.
Umschlaggestaltung: NETWORK! Werbeagentur, München
Umschlagabbildung: © Gettyimages / THEPALMER
Druck und Bindung: CPI books GmbH, Leck
ISBN 978-3-426-30409-9

8   10   9

DIE DEUTSCH-LEHRERIN

PROLOG

Gesendet: 27. November 2011
Von: Kulturservicestelle des Landes Tirol
An: M. K.

Sehr geehrte Frau Mag. Kaminski!

Wir bedanken uns für die Anmeldung Ihrer Deutschklassen zur Veranstaltungsreihe »Schüler/in trifft Autor/in«, die wie geplant im Sommersemester 2012 in den Schulen stattfinden wird. Eine Woche lang wird eine Autorin bzw. ein Autor in der Schule für interessierte Schüler/innen eine Schreibwerkstatt leiten.

Wir konnten insgesamt fünfzehn Autor/inn/en für das Projekt gewinnen; welche Autorin bzw. welcher Autor Ihre Schule besuchen wird, entscheidet das Losverfahren. Die bzw. der Betreffende, die/der Ihre Schule gezogen hat, wird sich im Jänner 2012 zwecks Terminvereinbarung per E-Mail oder telefonisch bei Ihnen melden.

Mit freundlichen Grüßen,
Mag. Anita Tanzer
Kulturservicestelle
Landesschulrat Tirol

Gesendet: 20. Dezember 2011
Von: Kulturservicestelle des Landes Tirol
An: Xaver Sand

Sehr geehrter Herr Sand,

wir freuen uns, Ihnen mitteilen zu können, dass Sie die Schreibwerkstatt im Zuge des Projektes »Schüler/in trifft Autor/in« im Wirtschaftskundlichen Realgymnasium der Ursulinen am Fürstenweg 86 in Innsbruck halten werden. Bitte vereinbaren Sie einen Termin mit dem zuständigen Deutschlehrer unter m.k.@tsn.at.

Herzlich,

Mag. Anita Tanzer

Kulturservicestelle

Landesschulrat Tirol

E-MAILS, DIE MATHILDA UND XAVER EINANDER
SCHREIBEN, BEVOR SIE EINANDER WIEDERSEHEN

Gesendet: 27. Dezember 2011
Von: Xaver Sand
An: M. K.

Sehr geehrter Herr M. K.?,

ich wurde vor zwei Monaten gebeten, bei einer Veranstaltungsreihe für Schulen mitzumachen, und vor ein paar Tagen erfuhr ich von derselben Stelle, dass ich beim Losverfahren Ihre Schule gezogen habe. Ich soll eine Woche lang mit Ihren Schülern eine Schreibwerkstatt abhalten. *lolol*

Zwecks Terminvereinbarung: Am liebsten wäre mir die Woche vom 13. bis 17. Februar. Da Sie telefonisch auch nicht erreichbar sind – das Sekretariat Ihrer Schule scheint unbesetzt *vacant* zu sein –, bitte ich Sie um eine baldige Antwort per E-Mail.

Xaver Sand

Gesendet: 29. Dezember 2011
Von: Xaver Sand
An: M. K.

Sehr geehrter Herr M. K.,

ich bitte Sie höflichst um einen Termin, damit ich andere Termine koordinieren kann!

Xaver Sand

Gesendet: 4. Jänner 2012
Von: Xaver Sand
An: M. K.

Ich bitte um einen Termin! Im Sekretariat Ihrer Schule sprach ich bereits mehrmals auf den Anrufbeantworter, zurückgerufen wurde ich nicht.

Xaver Sand

Gesendet: 7. Jänner 2012
Von: M. K.
An: Xaver Sand

Lieber Xaver,

vielen Dank für deine freundlichen E-Mails. In den Weihnachtsferien ist das Sekretariat unserer Schule nicht besetzt und ich rufe in den Ferien meine E-Mails selten ab.

Wir freuen uns alle, den berühmten Jugendbuchautor bald an der Schule zu haben.

Der Termin, den du vorgeschlagen hast, ist leider nicht möglich, da in dieser Woche Semesterferien sind. Meine Kolleginnen, Kollegen und ich würden die erste Märzhälfte bevorzugen. Bei der Auswahl der Tage richten wir uns ganz nach dir.

Mathilda Kaminski

Gesendet: 8. Jänner 2012
Von: Xaver Sand
An: M. K.

Mathilda??? Mathilda???? Mathilda?????

eally War das eine Überraschung! Mein Gott, ich glaube es einfach nicht, bist Du es tatsächlich??? Welch ein Zufall!!!!!! Auf die Idee, dass Du es bist, wäre ich nie im Leben gekommen! Was um alles in der Welt hat Dich in die Berge verschlagen???
Herzlich,
Xaver

Zwei Stunden später
Von: Xaver Sand
An: M. K.

Seit wann lebst Du in Tirol? Wie geht es Dir? Immer noch die engagierte Lehrerin? Bist Du verheiratet? Schreib mir doch, ich bin so gespannt, von Dir zu hören/lesen!!!

Gesendet: 9. Jänner 2012
Von: Xaver Sand
An: M. K.

Hallo! Hallo? Hallo!!!
Ich würde mich sehr über ein paar Zeilen freuen!

Gesendet: 10. Jänner 2012
Von: Xaver Sand
An: M. K.

Weißt Du, was ich momentan lautstark höre, während ich mir *indulge* einen Whiskey genehmige? Tom Waits!!!

Waltzing Matilda, Waltzing Matilda,
You'll come a Waltzing Matilda with me,
And he sang as he watched and waited till his billy boiled,
You'll come a Waltzing Matilda with me.

Weißt Du noch, im Juli 1986, am nächtlichen Strand von Pinarellu in Korsika? Dieser ältere Mann aus Südtirol – wie hieß er gleich noch einmal? Luigi? – spielte auf seiner Gitarre und röhrte dazu dieses Lied mit seiner gewaltigen Stimme, wahrscheinlich wollte er Dich damit beeindrucken, Du hattest ihm ja bereits die Tage davor so gut gefallen, er kam ständig zu unserem Zelt, in der Hand eine Weinflasche, und bat Dich um einen Korkenzieher, und während er unbeholfen mit unserem Korkenzieher seine Flasche Kalterer See öffnete, flirtete er mit Dir, mich in meiner Hängematte nicht beachtend.

Wir saßen um das Feuer herum, ich weiß nicht mehr, wer sich zu uns gesellt hatte, auf alle Fälle waren wir an die zehn Leute, als Du plötzlich, obwohl Du ein bisschen betrunken warst – vielleicht ja deswegen –, aufstandest und zu diesem *Waltzing Matilda* zu tanzen anfingst. Eigentlich war es kein richtiges Tanzen, mehr ein rhythmisches Bewegen, aber es war so unglaublich sinnlich und leidenschaftlich, Du streiftest Dir schließlich sogar das Kleid über den Kopf, warfst es in den Sand und tanztest vor all diesen Menschen, nur mit einer altmodischen Unterhose bekleidet! Ich weiß noch genau, wie diese Unterhose aussah, sie war dunkelviolett, vorne zierte sie eine winzige Masche; immer trugst Du diese altmodischen Unterhosen. Nach dem Lied liefst Du ins Wasser hinein und kamst zurück, um mich auch ins Meer zu ziehen. Der Südtiroler half mir dann, Dich zum Zelt zu bringen, er ließ es sich nicht nehmen, Dich auf einer Seite zu stützen, im Zelt selbst schliefen wir miteinander, und ich bin mir heute noch sicher,

12

dass er daneben stand und lauschte, der Gedanke erregte mich damals.

Jedes Mal, wenn ich an Dich denke, habe ich dieses Bild vor mir, wie Du in Deiner Unterhose am Strand um mich, um den Sänger, um das Feuer herumtanzt und das Meer neben uns plätschert. Du warst an jenem Abend so wunderschön.

Schreib mir doch zurück, bitte schreibe mir, um der guten alten Zeiten willen.

Xaver

Gesendet: 11. Jänner 2012
Von: M. K.
An: Xaver Sand

Xaver,

jedes Mal, wenn ich an dich denke, habe ich ein anderes Bild vor mir.

Vor fast sechzehn Jahren, am 16. Mai, stand ich sehr früh auf und radelte in die Schule. Du schliefst noch und wie immer verabschiedete ich mich mit einem Kuss. Je nachdem, wie du lagst, erwischte ich eine Wange, die Stirn oder deine Haare, an dem Morgen waren es deine Haare. Es wäre falsch, wenn ich behaupten würde, ich hatte es bereits geahnt. Ich hatte nämlich nichts, rein gar nichts, geahnt und das war das Schlimmste.

An dem Tag unterrichtete ich sechs Stunden hintereinander, in der Mittagspause machte ich die Aufsicht in der Mensa und dann hielt ich noch eine Stunde Förderunterricht ab. Es war ein sehr heißer und schwüler Tag, das weiß ich auch noch. Ich kann mich noch an ein paar Einzelheiten erinnern, wie zum Beispiel, dass die 3c die Schularbeit schrieb, ihre erste Erörterung, und dass ich mit der 4b eine Diskussionsrunde

machte: »Sollen Tierversuche gänzlich abgeschafft werden?«
Ja, und am Nachmittag kaufte ich noch ein, Salat, Tomaten,
Paprika, Vollkornbrot, Butter, Schnittlauch. Du aßest zu der
Zeit so gerne am Abend, wenn es heiß war, einen gemischten
Salat mit Schnittlauchbroten. Erinnerst du dich?

An der Wohnungstür läutete ich, du öffnetest aber nicht,
deshalb stellte ich alle Taschen auf den Boden und sperrte auf.
Ich dachte, dass du eine Runde mit dem Rad fährst oder bei
Paul oder Georg bist oder sonst irgendetwas erledigst. Ehrlich
gesagt dachte ich mir nicht viel, wir hatten nicht diese Art von
Beziehung, bei der jeder ständig wissen musste, wo der andere
war oder was er gerade machte.

Ich öffnete die Tür und sah sofort, dass etwas nicht stimm-
te. In der ersten Sekunde wusste ich nicht, was es war, aber
dann fiel es mir auf: Der Gang wirkte viel leerer als sonst. Auf
dem Boden standen keine Schuhe von dir und auf den Haken
hingen deine Jacken nicht. Auch dein Regenschirm, der dun-
kelblaue Knirps, war nicht mehr da. Zuerst war ich erstaunt,
ich kannte mich nicht aus, ich meinte, du hättest vielleicht
aufgeräumt oder entrümpelt. *tidied up*

Aber dann schloss ich die Tür und sah, dass an der Wand
hinter der Tür das eingerahmte Foto der rumänischen Landschaft fehlte. (Es war das eine, das du gemacht hattest, als du
mit Paul in Rumänien unterwegs gewesen warst. Auf dem Foto
war diese alte, zahnlose Frau zu sehen, die eine Holzkarre voll
Gemüse auf einem Wiesenweg schob, eine kleine Katze saß
auf den Zucchini, dahinter die weite grüne Landschaft.) Das
Bild war weg und der weiße Fleck leuchtete auf der Wand. Das
zweite Bild daneben hing noch. Es war das, das ich in Korsika
gemacht hatte, von dem Sonnenuntergang am Meer, in dieser
Bucht von Pinarellu.

Das Bild, das du gemacht hattest, war also weg. In dem

Moment wusste ich es bereits oder zumindest ahnte ich es. Obwohl ich noch krampfhaft dachte: Es kann ja sein, dass Xaver gerade einen anderen Rahmen dafür besorgt oder dass es ihm nicht mehr gefällt und es deswegen abgenommen hat. Ich ging in die Küche und dort war alles wie immer, nichts fehlte. Dann sah ich, dass sehr wohl etwas fehlte: deine benutzte Kaffeetasse, die du jeden Tag in die Abwasch stelltest. Wir räumten immer erst am Abend den Geschirrspüler ein. Hast du es so eilig gehabt, wegzukommen, dass du nicht einmal mehr deinen Kaffee in der Früh hast trinken können, auf den du nie verzichtet hast?

Im Wohnzimmer sah die Bücherwand erschreckend leer aus, alle deine Bücher waren weg und auch deine CDs. Und in unserem Arbeitszimmer fehlten dein Schreibtisch samt Drehstuhl und auch das neue Regal, mein Schreibtisch und mein Regal standen vereinsamt da, es war ein zur Hälfte komplett leerer Raum. Der Parkettboden glänzte an der Stelle, an der der Schreibtisch gestanden war, dunkel. Im Schlafzimmer war deine Seite des Kastens leer und dein Wohnungsschlüssel lag auf dem Nachtkästchen. Keine Erklärung auf irgendeinem Zettel, nur dein Schlüssel.

Das ist das Bild, das ich vor mir habe, wenn ich an dich denke: diese dunkle, rechteckige Stelle im Parkettboden. Sie erinnerte mich noch lange an dein feiges Verschwinden. So lange, bis ich nach Innsbruck übersiedelte, weil ich es nicht länger ertrug.

Mathilda

P. S.: Der Südtiroler hieß nicht Luigi, sondern Kurt, und er kam nicht aus Südtirol, sondern aus der Steiermark. Außerdem waren wir im Juli 1987 in Pinarellu und nicht 1986.

Dreizehn Minuten später
Von: Xaver Sand
An: M. K.

Liebste Mathilda,

Dein P. S. ist typisch für Dich, immer warst Du die mit dem besseren Gedächtnis, immer ließest Du mich das spüren, fünfzehn Jahre lang.

Außerdem schrieb ich Dir einen ausführlichen Brief, den ich Dir ein paar Tage später mit der Post schickte, in dem ich Dir meine Beweggründe für die Trennung – ich konnte wirklich nicht anders!!! – sehr genau schilderte.

Xaver

P. S.: Ich warte immer noch auf einen Termin.

Eine Stunde später
Von: M. K.
An: Xaver Sand

Xaver,

ich erhielt nie einen langen Brief, in dem du mir deine Beweggründe – ach so genau! – schildertest, und du weißt das, du schriebst nie einen. Mir ging es nach deinem Verschwinden sehr lange sehr dreckig und es dauerte Jahre, bis ich mein Leben wieder im Griff hatte.

Mathilda

P. S.: Die Bemerkung, dass wir ganze sechzehn und nicht fünfzehn Jahre zusammen waren, kann ich mir nicht verkneifen. Als Termin biete ich Dir den 5.–9. März an.

Mathilda,

die Umstände damals waren zwingend und ich legte sie in meinem Abschiedsbrief dar, es tut mir leid, dass dieser nie ankam, aber ich schrieb ihn, Dein Vorwurf, ich hätte nie einen verfasst, ist äußerst verletzend!

Sei mir nicht böse, aber ich kann nicht umhin, Deine Aussage »Es dauerte Jahre, bis ich mein Leben wieder im Griff hatte« leicht pathetisch zu finden; täglich trennen sich Tausende von Menschen, es gehört bereits zum Alltag der Menschheit, es ist etwas völlig Normales, Beziehungen zu beenden und neue zu beginnen.

Aber lassen wir diese lächerlichen und kleinlichen Streitereien, es ist doch alles schon so lange her, ich freue mich so sehr auf unser Wiedersehen!!!

Xaver

P. S.: 5.–9. März ist perfekt!

Xaver,

ich bin mir nicht sicher, ob ich möchte, dass du an unsere Schule kommst.

Mathilda

Sechs Minuten später
Von: Xaver Sand
An: M. K.

Liebe Mathilda,

das ist doch kindisch!!! Wir sind – mehr als – erwachsene Menschen!! Ich freue mich so sehr, dass wir uns nach all dieser Zeit wiedersehen werden! Bist Du denn nicht neugierig auf unser Wiedersehen?? Ich kann es immer noch kaum glauben, dass wir uns durch Zufall – nein, es ist das Schicksal, da bin ich sicher – wieder getroffen haben. Ich finde es großartig!!!

Herzlich,

Xaver

Gesendet: 15. Jänner 2012
Von: M. K.
An: Xaver Sand

Xaver,

einverstanden, es bleibt bei 5.–9. März. Brauchst du noch Daten bezüglich der Schülerinnen und Schüler, die du in der Schreibwerkstatt betreuen wirst? Größe der Gruppe, Alter, Lieblingsliteratur? Soll ich dir diesbezüglich etwas schicken?

Mathilda

Liebe Mathilda,

wie ich das vermisst habe: Deinen resoluten Pragmatismus, Deine Energie, Deinen beruflichen Einsatz, Deinen Schwung! Ich will ja nichts von Dir, nur Dich wiedersehen (ich freue mich wirklich wahnsinnig darauf!!!) und – vielleicht vorher ein paar E-Mails?

Der Termin passt mir gut und ich benötige keine Daten bezüglich der Schüler, ich möchte mich spontan auf sie einlassen können. Also bis Sonntag, den 4. März! Nur noch sechs Wochen!!! Darf ich Dich besuchen, bevor ich ins Hotel fahre?

Xaver

P. S.: Du wirst sehen, unsere Gespräche werden Dir guttun und es wird sich vieles klären!

MATHILDA UND XAVER

Seit Mathilda denken konnte, wünschte sie sich eine eigene Familie.

Schon als Kind und Jugendliche stellte sie es sich in Tagträumen vor: Sie bereitete das Abendessen zu, ihre Kinder halfen ihr dabei, unentwegt fröhlich plappernd, ihr Mann kam nach Hause, nahm sie liebevoll in den Arm und anschließend aß man gemeinsam auf der sonnenüberfluteten Terrasse, jeder erzählte dem anderen die Geschehnisse des Tages, jeder war glücklich, alles harmonierte.

Mathilda hütete sich davor, diese biederen Wünsche ihren Freundinnen anzuvertrauen, denn sie hatte Angst, diese würden vor Lachen herausprusten, es waren die siebziger Jahre, die Frauen hatten nach einer beruflichen Karriere zu streben. Von einer Karriere träumte Mathilda freilich auch, nie hätte sie sich nur als Hausmütterchen vorstellen können, sie wollte alles und träumte von ihrem zukünftigen Leben, von beruflichen Erfolgen, von Kindergeburtstagen, Skiurlauben, Elternsprechtagen und vor allem von ihr als der alles bewältigende, organisierende, liebevoll lenkende und überwachende Pol, und in allem beherrschte sie besonders ein Gedanke: es besser zu machen als ihre Mutter.

Zwischen ihrem achtzehnten und dreißigsten Lebensjahr verspürte Mathilda den Wunsch nach einer eigenen Familie nicht so stark wie in ihrer Kindheit und Jugend, er schlummerte relativ friedlich in ihrem Inneren, sie war beschäftigt mit Studium, Arbeit und Beziehung. Mit achtzehn zog sie in die Großstadt und studierte, mit zweiundzwanzig lernte sie

Xaver kennen und verliebte sich unsäglich in ihn, zwei Jahre später zogen sie in eine gemeinsame Wohnung. Sie genoss ihre Arbeit als Lehrerin und wollte deshalb nichts überstürzen, dass sie aber später eine Familie mit Xaver haben wollte, dessen war sie sich stets bewusst. Sie wollte unbedingt Kinder großziehen und durch sie das pulsierende Leben – in das sie es alleine oft nicht schaffte einzutauchen – um sich spüren.

Nach ihrem dreißigsten Geburtstag erwachte ihr Kinderwunsch allmählich wieder und erlangte innerhalb der nächsten Jahre eine Heftigkeit, die ihr ganzes Tun und Denken beherrschte und sie lähmte. Xaver wehrte sich vehement gegen ein Kind, da er sich noch nicht reif für eine Familie fühlte, und vertröstete sie immer wieder, auf eine Zeit, in der er in der Lage sein würde, eine Familie überhaupt zu ernähren. Die meisten aus ihrem Bekanntenkreis gründeten Familien, sie waren mehrmals im Jahr bei Verlobungsfeiern, Polterabenden, Hochzeiten oder Taufen eingeladen. Xaver saß dann mit gelangweilter Miene neben Mathilda, er verabscheute solche Feiern, sie beobachtete die Leute neidisch und hätte alles, alles dafür gegeben, die Braut oder die Mutter des Täuflings zu sein. Ja, sie hatte konventionelle Träume, sah sich in einer weißen Rüschenwolke auf den Altar zuschreiten, dezent geschminkt, mit hochgesteckter, eleganter Frisur, Rosen in den behandschuhten Händen, ihrem Freundeskreis strahlend zulächelnd, ja verdammt, sie hatte solche Träume, hatten die nicht alle Frauen? Sie wusste, dass Xaver sie dafür verachtete.

Mit fünfunddreißig war ihr Kinderwunsch dermaßen stark, dass sie glaubte, verrückt zu werden. Wenn sie durch die Straßen der Stadt ging, zur Schule radelte oder einkaufen ging, sah sie überall nur Kinder um sich herum, sie stachen ihr ins Auge: Kleinkinder und Babys in Kinderwagen, werdende Mütter, die ihren riesigen Bauch stolz vor sich herschoben, stolz grinsende

Männer, die ihre Hände gerade dann auf diese Bäuche legten, wenn besonders viele Leute zusahen.

Xaver wehrte sich beharrlich und eisern, und als sie die Pille absetzte, verwendete er gewissenhaft Kondome. Jedes Mal, wenn sie Sex hatten, auch wenn es der erste Tag nach ihrer Periode war, oder der letzte, gab es die unvermeidliche Unterbrechung, er wollte absolut kein Risiko eingehen. Kurz vor seinem Höhepunkt ließ er stöhnend von ihr ab, richtete sich auf, kramte ein Kondom von irgendwoher hervor, um es sich dann in mühsamer Kleinstarbeit überzuziehen.

Mathilda lag neben ihm, beobachtete ihn dabei und hasste seinen lächerlichen Anblick. Er saß mit gespreizten, ausgestreckten Beinen und stark gekrümmtem Rücken auf dem Bett, das Gesicht starr hinunter gewandt, sodass nur etwa zwanzig Zentimeter Abstand zwischen Nase und Eichel waren. Dabei hatte er einen dermaßen konzentrierten, sich vergessenden Ausdruck, die Stirn lag in Falten und nicht selten kam die Zungenspitze zum Vorschein; einmal war er verschnupft und die Nase begann zu rinnen, doch das Kondom und dessen richtiger Sitz waren wichtiger, sodass sich ein Tropfen schließlich löste und genau auf die plastikbezogene Eichel fiel. Eine Ewigkeit fingerte er mit dem Kondom herum, er war nicht besonders geschickt damit, ein Jahrzehnt lang hatte sie ihm das Auseinandersetzen mit Kondomen durch das Schlucken der Pille erspart. Überhaupt war er mit seinen Fingern nicht besonders geschickt, was Bastelarbeiten oder handwerkliche Fähigkeiten betraf, mehrmals hatte er Freunden gegenüber über seine mangelhafte Feinmotorik gewitzelt. Doch er gab nicht auf, bis es bis oben hin faltenfrei saß, es sollte keine noch so geringe Möglichkeit geben, dass es verrutschen oder sich gar in ihr verabschieden könnte. Wenn er fertig war, wandte er sich ihr mit einem leicht verlegenen Lächeln zu, verlor keine

Zeit und drang in sie ein, wobei die Zeit, die er bis zu seinem Orgasmus benötigte, oft wesentlich kürzer war als die, die er zum Überziehen des Kondoms gebraucht hatte.

Mathilda begann die Kondome zu suchen, um mit einer Nadel ein paar Löcher hineinzustechen, den Tipp hatte sie aus einer schlechten Fernsehkomödie, sie stellte mehrmals die ganze Wohnung auf den Kopf, fand sie aber nicht, und es machte sie wütend, nicht Herrin sämtlicher Verstecke in ihrer Wohnung zu sein. Jedes Mal, wenn sie Sex hatten, holte Xaver eines aus irgendeinem Eck hervor, so als wäre er ein Zauberer, der sein Kaninchen an jedem beliebigen Ort auftauchen lassen konnte.

Alle möglichen Tricks versuchte sie im Bett, sie gab sich betont verliebt, lustvoll und geil, um ihn in sich zu halten, die leidige Unterbrechung zu umgehen, zu erreichen, dass er es nicht schaffte, vorzeitig abzubrechen und sich einfach ergießen musste, sie schlang fest die Beine um ihn, doch immer befreite sich Xaver, der ansonsten chaotisch und inkonsequent war, hartnäckig aus ihrer Umklammerung.

Dann wieder versuchte sie ihn davon zu überzeugen, dass sie mit ihren Fingern geschickter sei als er, er solle sich einfach bequem hinlegen und sie machen lassen, sie hätte mit ihren langen Nägeln am Plastik genug herumgewerkt, um ein paar Risse oder Löcher zu hinterlassen, für diesen Zweck ließ sie sich sogar die Nägel ziemlich lang wachsen. Doch es war wie verhext, Xaver ließ sie nicht einmal Hand anlegen, so als würde er ihre Gedanken lesen können oder als hätte er in seiner Männerrunde dieses Thema besprochen und sich Tipps geholt.

Ihr ganzer Körper schrie nach einer Schwangerschaft. In der Mitte des Zyklus spürte sie den Eisprung, spürte das Follikel in sich wachsen und reifen, in ihrem Unterleib zog es, ihre Brustwarzen fühlten sich steifer an als sonst und sie hatte ständig Lust auf Sex. Sie träumte von ihrem drei Zentimeter großen, glitschigen Ei, das sich mit der kleinen Kaulquappe zusammenraufte, sie träumte von ihrem riesigen Bauch, von der Geburt und dem kleinen, verschmierten Wesen, das man ihr in die Arme legte. Mathilda träumte von einem kleinen Jungen, der aussah wie Xaver, der plötzlich aus der Sandkiste kletterte und stürmisch auf sie zulief, mit schmutzigen Händen auf ihren Schoß kletterte, sie ungestüm umarmte, küsste und ihr sagte, dass sie die beste Mami der Welt sei. Manchmal betrat sie einen Spielplatz, saß auf einer Bank und beobachtete Mütter mit ihren Kindern. Einmal war dann das Gefühl, das sie beim Beobachten einer jungen, hübschen Frau und ihres zweijährigen Sohnes hatte, so überwältigend, dass ihr Kreislauf kollabierte und sie sich auf die Bank legen musste; sämtliche Frauen bemühten sich um sie und sie log, dass sie im dritten Monat schwanger sei.

Wenn sich ihre Periode ein bisschen verzögerte, glaubte sie jedes Mal schwanger zu sein, es hätte zwar nicht möglich sein können, doch die Hoffnung, das Kondom wäre beschädigt gewesen oder vor dem Überziehen hätte sich ein besonders gewitztes Spermium schon auf den Weg gemacht, überwog. Sie stand vor dem Spiegel, strich über ihren flachen Bauch und verspürte alle Symptome einer beginnenden Schwangerschaft wie unregelmäßiges Herzrasen, Müdigkeit, Ziehen im Bauch, Übelkeit, pralle, leicht schmerzende Brüste, bis dann doch die Wahrheit ans Tageslicht kam, indem Blut floss, und sie tagelang schwer depressiv war. Xaver dachte nicht daran, sie zu erlösen.

MATHILDA UND XAVER SEHEN EINANDER NACH SECHZEHN JAHREN WIEDER

Xaver: So sieht man sich wieder. Hallo, Mathilda.

Mathilda: Xaver.

Xaver: Du schaust umwerfend aus! Wow! Du hast dich komplett verändert!

Mathilda: Danke. Komm rein. – Lust auf einen Kaffee?

Xaver: Gern.

Mathilda: Wie war die Fahrt?

Xaver: Ganz okay, wenig Verkehr. – Seit wann lebst du hier?

Mathilda: Seit fünfzehn Jahren, warte – seit Ostern 1997.

Xaver: Es ist ein sehr schönes Haus.

Mathilda: Kennst du es nicht mehr?

Xaver: Sollte ich es kennen?

Mathilda: Es ist das Haus meiner Tante Maria. Sie hat es mir vererbt. Erinnerst du dich nicht an sie? Wir haben sie einmal hier besucht.

Xaver: Das war hier?

Mathilda: Ja, das war das Haus. Ich habe es vor ein paar Jahren umbauen lassen. Ich wollte nicht ständig an die alte Frau erinnert werden. Auch nicht an ihre unglückliche Liebe. Möchtest du einen Rundgang machen?

Xaver: Gerne. – Ich bin beeindruckt. Es sind alles sehr große, helle Räume, das war dir ja immer schon wichtig, und so stilvoll eingerichtet! Das ist wirklich ein Haus zum Wohlfühlen.

Mathilda: Eine Wohnung ist wie eine zweite Haut. Weißt du noch?

Xaver (lacht): Wohingegen ein Auto nur ein Mittel zum Zweck ist.

Mathilda: Den Keller samt Bunker zeige ich dir morgen. Jetzt gibt's erst mal Kaffee.

Xaver: Bunker?

Mathilda: Tante Maria hat sich nach der Tschernobyl-Katastrophe einen Bunker bauen lassen. Sie hat das Ganze sehr ernst genommen, ist nur noch mit dem Geigerzähler in der Gegend herumgerannt und hat Strahlenwerte gemessen. An dem Tag, an dem die Katastrophe im Fernsehen gemeldet wurde, ist sie in den Supermarkt gefahren, hat den ganzen Milchvorrat aufgekauft und zu Hause eingefroren.

Xaver: Hm, der Kaffee tut gut. – Wieso das denn?

Mathilda: Weil die Kühe ja nach der Katastrophe das verstrahlte Gras fressen würden. – Kuchen?

Xaver: Danke, sehr gern. Mein Gott, ist das komisch.

Mathilda: Sie hat selbst einen Bunker geplant und ihn danach in Auftrag gegeben. Ein Jahr lang wurde gebaggert und gebaut. Die Nachbarn haben sie für völlig verrückt gehalten. Sie hat nicht gespart. Es ist kein kleiner, finsterer Raum, sondern eine richtige Wohnung unter der Erde, mit einem Vorraum, einer Wohnküche, einem Schlafzimmer, einem Bad und einem perfekten Lichtsystem. Sie war richtig enttäuscht, weil es nach Tschernobyl zu keiner Atomkatastrophe mehr gekommen ist.

Xaver: In wen war Tante Maria eigentlich unglücklich verliebt?

Mathilda: Willst du die Geschichte wirklich hören?

Xaver: Ja, klar.

Mathilda: Sie hat sie mir zu Weihnachten 96 erzählt. Obwohl es der 25. Dezember war, sind wir auf der Terrasse gesessen, weil es so ein sonniger Tag war. Der ganze Garten war verschneit, nur eine einzige Rose hat geblüht. Ja, wirklich, es war richtig kitschig. Die alte Dame hat Tee und selbst gebackene Kekse serviert, das Teeservice war sicher ein Jahrhundert alt. Die ganze Situation hat surreal auf mich gewirkt. Und ich habe mich zum ersten Mal wohlgefühlt, seit –

Xaver: Der Kuchen schmeckt echt lecker. – Erzähl weiter, in wen hat sie sich verliebt?

Mathilda: Nach dem Krieg, sie war vierundzwanzig, hat sie einen französischen Besatzungssoldaten kennengelernt: Jean, *occupation* Medizinstudent, aus einer angesehenen Ärztefamilie in Nizza. Sie waren mehr als vier Jahre zusammen. Maria wollte mit ihm zurück in seine Heimat gehen und Jean hat um Entlassung aus der Armee angesucht. Die Rückreise war schon geplant und festgelegt. An dem Abend, an dem er sie abholen sollte, ist sie im Garten ihres Elternhauses auf ihrem Koffer gesessen und hat auf ihn gewartet. Alle Nachbarn haben sie heimlich hinter zugezogenen Vorhängen beobachtet. Jean ist die ganze Nacht nicht aufgetaucht.

Xaver: Gar nicht mehr?

Mathilda: Nein. Am nächsten Tag hat Maria seine Freunde und Kollegen gefragt und die haben ihr erzählt, dass er einen Tag vor der geplanten Heimreise überstürzt abgereist ist. Sein Vater liege im Sterben, hat er erzählt.

Xaver: Hat sie ihm Briefe geschrieben?

Mathilda: Viele. Er hat aber nie geantwortet.

Xaver: Ist sie ihm nicht einfach nachgereist?

Mathilda: Hätte ich das auch tun sollen?

Xaver: Mathilda –

Mathilda: Ja?

Xaver: Bei uns lagen die Dinge etwas anders.

Mathilda: Ach ja? – Warum hätte Maria das tun sollen? Er wollte ja offensichtlich sein Leben nicht mit ihr teilen.

Xaver: Traurige Geschichte. Habt ihr vorher gar nichts davon gewusst?

Mathilda: Nein, Vater hat uns das nie erzählt. Maria hat dann einen eigenen Modesalon eröffnet, sie war ja gelernte Schneiderin. Sie hat nur für ihre Kunden gelebt und sich auch nie wieder verliebt. Sie wurde eine richtig beinharte und wohlhabende Geschäftsfrau.

Xaver: Hat sie dir auch ihr Vermögen vererbt? *fortune*

Mathilda: Nein, das Geld hat sie dem SOS-Kinderdorf vermacht. Ich habe das Haus bekommen. Ich bin also nicht reich, wenn du das wissen willst. Den Kredit für den Umbau zahle ich immer noch ab.

Xaver: Warum hat sie es dir vererbt und nicht irgendeiner Freundin oder treuen Mitarbeiterin hier in der Stadt? Ihr habt euch ja kaum gekannt. Wie oft habt ihr euch in eurem Leben überhaupt gesehen? An die zehn Mal?

Mathilda: Sie hat sich mit mir solidarisch gefühlt, weil ich auch verlassen wurde. – Auf alle Fälle ist Tante Maria zwei Monate nach meinem Besuch gestorben, sie ist einfach eingeschlafen. Sie ist geschminkt und in ihrem schönsten Kostüm und Stöckelschuhen tot beim Frühstück gesessen. Eine Nachbarin wollte sie gerade abholen, weil sie einen gemeinsamen Friseurtermin hatten.

Xaver: Ein schöner Tod.

Mathilda: Als der Notar das Testament vorgelesen hat, habe ich sofort gewusst, dass ich das Haus nicht verkaufen will. Ich habe gewusst, hier will ich leben. Und in den Osterferien bin ich eingezogen.

Xaver: Und dann hast du sofort in diesem Gymnasium eine Stelle gefunden?

Mathilda: Ja, sofort. Es ist eine gute Schule und das Team ist sehr nett, ich arbeite gerne dort. Du wirst es ja morgen sehen.

Alle Deutschlehrer sind neugierig auf dich und die Schülerinnen, die sich für die Schreibwerkstatt angemeldet haben, freuen sich riesig auf dich. Die meisten haben unsere Trilogie gelesen.

Xaver: Unsere Trilogie?

Mathilda: *Engelsflügel, Engelskind, Engelsblut.*

Xaver: Sag mal, liegt da tatsächlich eine Waffe auf dem Kamin?

Mathilda: Ja.

Xaver: Wieso hast du eine Waffe in der Wohnung? Lebst du in einer unsicheren Gegend?

Mathilda: Nein. Sie hat meiner Tante gehört. Möchtest du sie dir genauer ansehen? Jean hat sie ihr zur Verlobung geschenkt. Ich habe es beim Entrümpeln nicht übers Herz gebracht, sie wegzuschmeißen. Maria hat außer ein paar Fotos nur diese Pistole von ihm gehabt und sie wie ihren Augapfel gehütet.

Xaver: Was ist es für eine?

Mathilda: Eine Walther Modell 9.

Xaver: Der Mann hat ihr eine Waffe zur Verlobung geschenkt?

Mathilda: Ja, sie hat sich anstelle eines Ringes die Walther gewünscht. Zu der Zeit hat sie ein früherer Verehrer, der ein überzeugter Nazi gewesen ist, verfolgt und bedroht, weil sie mit einem Besatzungssoldaten liiert war. Sie hat zu Jean gesagt: »Komm bloß nicht auf die Idee, mir einen Ring zu schenken, ich will eine Walther.« Mit der Waffe hat sie sich sicherer gefühlt.

Xaver: Eigenartig wie du aussiehst mit der Pistole in der Hand. Irgendwie passt ihr gar nicht zusammen. – Nein, doch, ihr passt zusammen. Du wirkst wie eine komplett andere Person, wie eine Femme fatale. Du hast dich überhaupt vollkommen verändert.

Mathilda: Nimm sie.

Xaver: Nein, danke. – Wirst du mich aus Rache damit erschießen?

Mathilda (lacht): Soll ich?

Xaver: Deine Tante Maria hat sie sicher benützt.

Mathilda: Vermutlich hat sie im Keller auf eine Strohpuppe geschossen, die wie Jean ausgesehen hat.

Xaver: Ich bin mir sicher, sie hat wirklich auf ihn geschossen und ihn getötet. Sie hat ein Jahr lang auf eine Antwort ihrer Briefe gewartet und ist dann mit dem Zug nach Nizza gefahren. Sie geht in der Nacht zu seiner Wohnung, klingelt, er öffnet im rotseidenen Morgenmantel die Tür und sie erschießt ihn. Dabei trägt sie wie Zorro einen schwarzen, breitkrempigen Hut und einen langen Mantel. Niemand sieht sie und mit dem nächsten Zug fährt sie zurück nach Österreich. Der Fall ist in Nizza immer noch ungelöst. Das solltest du mal recherchieren.

Mathilda: Das könnte dein nächster Roman werden. Übrigens – wie geht es dir damit? Ich würde total gern davon hören.

Xaver: Nur wenn du mir auch eine Geschichte erzählst.

Mathilda: Wie früher?

Xaver: So wie früher. Ich erzähle dir von meinem Roman und du erzählst mir auch eine Geschichte. Hast du eine im Kopf?

Mathilda: Schon lange.

Xaver: Perfekt! Du fängst an.

MATHILDA UND XAVER

Am 23. Mai 1994, Mathilda und Xaver waren genau vierzehn Jahre zusammen, schrieb er – nach einem Streit über ihren Kinderwunsch und betrunken – in sein Notizheft:

»Es gibt eine Woche im Monat, in der sie permanent, ständig, immer Sex haben will, in dieser Woche ist sie ein ganz anderer Mensch, gut gelaunt, liebevoll, aufmerksam, sie gurrt um mich herum, aufreizend gekleidet, beim Sex selber ist alles von ihr zu haben, jede noch so verrückte Stellung, die sie ansonsten demütigend findet, ich will dann nicht der Spielverderber sein, wenn meine Freundin sich bemüht, eine gute Sexualpartnerin zu sein, fühle ich mich als Nutznießer, kaum zu glauben, was ein Kinderwunsch alles bewerkstelligen kann, ich würde Monogamie sowieso abschaffen, man muss nicht allzu klug sein, um zu erkennen, dass man sich nach ungefähr sieben Jahren mit demselben Partner beim Wochenendsex äußerst lächerlich macht, zwei viel zu vertraute Gesichter starren einander erstaunt an, weil sie doch einen echten Orgasmus haben, nachdem sie gerade einen ziemlich laut vortäuschten, kaltes Aufeinandergeklatsche, das würdelos ist und ohnehin zu nichts führt, nun ja, manchmal führt es zu etwas, nämlich zu Fortpflanzung, aber ich weiß das zu verhindern, ich will mich nicht fortpflanzen, ich habe keine Lust, achtzehn Jahre lang oder noch länger in einer Art Schraubzwinge zu stecken, ich will keine Verantwortung übernehmen für ein anderes Lebewesen, ich kann kaum Verantwortung für mich übernehmen, nicht mal für meine Nasenhaare, die wuchern und wuchern, Mathilda würde liebend gern Verantwortung übernehmen, ihr

31

ganzes Sein besteht aus Verantwortungsgefühl, unbedingt will
sie ein Kind von mir, Kinder zu haben gehört für sie zu einem
erfüllten Leben, ein erfülltes Leben, das klingt so schrecklich,
als müsste der Mensch darin ertrinken, ich bedauere die Menschen, die an Glück und ein erfülltes langes Leben glauben und
darauf hoffen, sie sprudeln jeden Tag über vor lauter Frohsinn
und Lebenstüchtigkeit, mit all ihren Taten zeigen sie den Mitmenschen: Seht her, wie ich mein Leben im Griff habe!, Seht
her, wie aktiv und fleißig ich bin! Den ganzen Tag gackern sie
vor sich hin, diese Turbomenschen, von früh bis spät, ach, ich
bin so gut, ich schaukle jegliche Herausforderung, ob Job oder
Familie, mit links, ich koche so gut, ich bin so sportlich, ich
habe so viele Freunde, ich kenne keine Langeweile, und so
weiter, für sie ist das Glas immer halb voll, nie halb leer, was
für ein blödes Sprichwort übrigens, das müssen Lebenstüchti-
ge erfunden haben, um damit den Lebensüberdrüssigen entge-
genhalten zu können: Warum ist für dich das Glas immer halb
leer?, am liebsten würde ich ihnen das Glas über den Schädel
ziehen, sie sind Meister im Schönfärben, ich kann das Leben
nicht schönfärben, es ist für mich das, was es ist, nämlich elend
und sinnlos, ich hänge nicht daran, ich ertrage es nur, indem
ich schreibe, habe aber auch nie Suizidgedanken, warum etwas
qualvoll beenden, dem man keinen Wert beimisst?, Warum
ekelt mich das Leben an?, Weil es ohne Mitmenschen nicht
stattfinden kann, das ist es, die Menschen sind so menschlich,
das widert mich an, warum müssen die Menschen menschlich
sein, warum können sie nicht einfach nur Menschen sein, Mathilda zum Beispiel liebt es, vor mir auf der Toilette zu kacken,
während ich Zähne putze, jedes Mal, wenn ich ins Bad schlur-
fe und die Zahnbürste zur Hand nehme, huscht sie herein und
setzt sich auf das Klo, um seelenruhig ihr großes Geschäft zu
verrichten, mit einem erleichterten Lächeln im Gesicht und

mit der Zeitung in der Hand, für sie ist es der Inbegriff der Vertrautheit in unserer Beziehung, für mich ist es der Wahnsinn, wenn meine Mutter neben mir ihr Gebiss herausnimmt, um es zu putzen, muss ich fast erbrechen, wenn die fette Nachbarin ihre Einkaufstaschen das Stiegenhaus heraufschleppt, riesige Schweißflecken unter den Achseln, keuchend, hustend und grünen Schleim auf den Boden spuckend, würde ich sie am liebsten strangulieren, wenn mich Mathilda mit ins Krankenhaus schleppt, um eine im Endstadium krebskranke Schülerin zu besuchen, diese dann glatzköpfig, mager bis durchscheinend, gelb im eingefallenen Gesicht, mit wunden Augen vor mir liegt, und wenn ich in der Zeitung von verstümmelten Kriegsgefangenen lese, würde ich am liebsten an den Vatikan schreiben und Ablass fordern, für das jahrtausendelange Vorgaukeln der Illusion, es gäbe einen guten und gerechten Gott, was meine Religionslehrerin in der Volksschule so formuliert hat: »Für das Gute auf der Welt ist Gott zuständig, für das Böse, das passiert, sind die Menschen selber verantwortlich«, ein vollkommener Schwachsinn, Kindern einzureden, Menschen würden nur Böses zuwege bringen, er hat uns ja erschaffen, so fehlerhaft, so menschlich, die Natur trägt auch menschliche Züge in sich, es gibt Wirbelstürme, Lawinen, Erdbeben, Überschwemmungen, manchmal, wenn ich auf einer Wiese liege und zahlreiche grauenhafte Insekten über mich kriechen, denke ich mir, eigentlich sollte man die gesamte Natur einbetonieren, ich träume oft davon, eines Tages aufzuwachen und völlig alleine auf der Welt zu sein, ich wäre nicht nur der einzige, sondern auch der glücklichste Mensch auf dem Planeten, vor der Einsamkeit hätte ich keine Angst, im Gegenteil, ich würde herummarschieren, in jedes leere Haus hineingehen und darin stöbern, Fotos ansehen und mir einen Reim auf die Menschen machen, die hier gelebt haben, mir ihr Leben ausmalen,

Geschichten über sie ausdenken, ich brauche keine Menschen, aber doch die Geschichten, die ihr Leben schreibt, sonst hätte ich ja nichts zu schreiben, also ohne Menschen keine Geschichten, und ohne Menschen keine Leser, das ist plausibel, wie kann man das lösen? Am besten wäre, Millionen von Lesern lebten auf einem anderen Planeten, ich streune also über den leer gefegten Planeten Erde und stöbere in fremden Leben, schreibe ein Buch nach dem anderen, die der Reihe nach mittels Beamen auf den bevölkerten Planeten gelangen, »Fertig zum Beamen, Mr. Scott!«, dafür wird mir reichlich Nahrung und Kleidung heruntergebeamt, die leckerste Nahrung und die schönste Kleidung, das versteht sich von selbst, nach einem halben Jahr wird mir außerdem eine Gefährtin heruntergebeamt, denn ein halbes Jahr ohne würdeloses Aufeinandergeklatsche reicht dann vollends, diese Gefährtin ist dann ganz nach meinem Geschmack, ich nenne sie Freitag, obwohl sie an einem Dienstag geliefert wurde, ich bin der moderne Robinson Crusoe, Freitag hat in ihren dichten blonden Locken, die bis zur Taille reichen, ein paar Funktionsknöpfe versteckt, wenn man diese drückt, verändert sich ihre Verhaltensweise oder auch ihr Aussehen, es gibt eine Bandbreite von komplett stumm bis hin zu fähig, äußerst intellektuelle Gespräche zu führen, von Pornodarstellerin über anschmiegsam bis hin zu züchtiger Schüchternheit, und was das Aussehen betrifft, Indianersquaw, Eskimofrau, Indonesierin, Irin, Barbie, alles ist möglich, Mathilda hat keine Funktionsknöpfe, sie ist, wie sie ist, ihr Aussehen kann man auch nicht auf Wunsch verändern, seit vierzehn Jahren dieselbe Frisur mit etwas variierender Haarfarbe, mahagonirot, kirschrot, purpurrot, hennarot, rostrot, bordeauxrot, kupferrot, welcher Mann bitte findet Rottöne anziehend, warum bin ich bei ihr geblieben? Am Anfang rührte mich ihre übermäßige Liebe, später riss mich ihre Energie mit, ihre Lebenstüchtigkeit, ja, sie verkörpert die pure Lebenstüchtigkeit, sie war immer beschäftigt, das gefiel mir tatsächlich eine Zeit lang, ich wollte mir eine Scheibe davon abschneiden, mittlerweile finde ich es anstrengend, dieses Demonstrieren, »ach, ich weiß, worauf es ankommt im Leben«, ich weiß es nämlich nicht, es gab eine Zeit, da wollte ich es wissen, jetzt nicht mehr, dieses Zwischen-den-Zeilen-heraushängen-Lassen, ich bin lebenstüchtiger ergo besser als du, wobei es nur ums liebe Geld geht, sie verdient genug Geld, um alle Rechnungen und auch Urlaube bezahlen zu können, Lebenstüchtigkeit wird also mit Geldverdienen gleichgesetzt, liebe ich sie überhaupt? Ich weiß nicht, was Liebe ist und weiß gleichzeitig, dass das ein klischeehafter Satz ist, aber ich weiß wirklich nicht, wie ich mich fühlen müsste, wenn ich liebte, doch vielleicht schon, einmal hat mich ein Gefühl übermannt, das ist schon ewig her, in einem unserer Campingurlaube auf Korsika, an einem Abend machten wir Feuer am Strand, dieser alte Mann spielte Gitarre, an die zehn Leute setzten sich einfach zu uns, auf einmal stand Mathilda auf und fing zu *Waltzing Matilda* zu tanzen an, Waltzing Matilda, Waltzing Matilda, you'll come a Waltzing Matilda with me, and he sang as he watched and waited till his billy boiled, you'll come a Waltzing Matilda with me, sie war etwas betrunken und tanzte vor all den Leuten, nur mit einer Unterhose bekleidet, in diesem Moment sah Mathilda wunderschön aus, ich wünschte mir, sie wäre öfter so frech und hemmungslos, da fühlte ich etwas in mir hochkommen, eine Hitze und ein Kribbeln waren da, ein Gedanke, sie gehört zu mir, er tat gut, nach dem Song lief sie ins Wasser, kam zurück und zog mich mit, wir schmusten und schmusten, während die anderen weiter sangen, im Zelt hatten wir dann wahnsinnig guten Sex, vielleicht wusste ich doch einmal, was Liebe ist.

E-MAILS, DIE MATHILDA UND XAVER EINANDER
SCHREIBEN, BEVOR SIE EINANDER WIEDERSEHEN

Gesendet: 16. Jänner 2012
Von: Xaver Sand
An: M. K.

Liebe Mathilda,

lass uns E-Mails schreiben, über uns – meinetwegen auch über die Vergangenheit, obwohl ich lieber über Dein gegenwärtiges Leben lesen würde –, lass uns gemeinsam erzählen und reflektieren, über was auch immer, alles ist schon so lange her, es wäre doch spannend, was meinst Du?

Xaver

Gesendet: 17. Jänner 2012
Von: Xaver Sand
An: M. K.

Mathilda? Mathilda??? Lebst Du noch?

Gesendet: 18. Jänner 2012
Von: Xaver Sand
An: M. K.

Ich komme mir vor wie Fred Feuerstein, der vor dem steiner-
nen Höhleneingang steht, mit den Fäusten verzweifelt darauf
trommelt und aus Leibeskräften »Wilma!!!« brüllt: Mathilda!
-thilda!! -thilda!!!

Na komm, lass Dich erweichen!!! Schreib mir doch, wie es
Dir so geht, ob Du Familie hast, es würde mich ehrlich interessieren.

Dein sich vor Neugier verzehrender Xaver

Gesendet: 19. Jänner 2012
Von: M. K.
An: Xaver Sand

Hattest du damals nie Angst, dass ich dich verklage? Fühltest
du dich so sicher in deinem neuen Leben?

Sechs Minuten später
Von: Xaver Sand
An: M. K.

Warum hätte ich Angst haben sollen, dass Du mich ver-
klagst??? Weil ich eine Beziehung beendet habe??? Das ist
doch absurd!!!

Wir hatten eine schöne gemeinsame Zeit und irgendwann
war sie dann zu Ende, im letzten halben Jahr sprachen wir ja
kaum mehr miteinander, wir wurden uns fremd, es war so of-

fensichtlich, dass wir beide einen neuen Start brauchten, auch
Du.

Xaver

Gesendet: 20. Jänner 2012
Von: M. K.
An: Xaver Sand

Xaver,

wir hatten keine gewöhnliche Beziehung zwischen Mann
und Frau – natürlich das auch –, aber bei uns waren die Dinge
schon etwas komplizierter! Wir hatten obendrein auch eine Art
»Geschäftsbeziehung« oder eine »Abmachung«. Und du wuss-
test das, sonst wärst du nicht einfach *heimlich* verschwunden,
sondern hättest dich tatsächlich getrennt. Da gibt es nämlich
einen großen Unterschied, vor einer Trennung *spricht* man
darüber mit seinem Partner.

Zwei Minuten später
Von: Xaver Sand
An: M. K.

Ich weiß absolut nicht, was Du mit »Geschäftsbeziehung« oder
»Abmachung« meinst.

Gesendet am: 21. Jänner 2012
Von: Xaver Sand
An: M. K.

Antworte mir doch bitte! Was meinst Du mit »Geschäftsbeziehung« bzw. »Abmachung«???

Fünf Stunden später
Von: Xaver Sand
An: M. K.

Geht es Dir um Geld???

Gesendet: 23. Jänner 2012
Von: M. K.
An: Xaver Sand

Im Gegensatz zu dir ging es mir nie um Geld oder Erfolg. Nie! Du weißt, was ich mir so sehnlichst wünschte. Und das versprachst du mir an jenem Abend, als wir die Zusage des Verlags feierten. Wir schrieben die Engelstrilogie gemeinsam, und dennoch sollte ich als Koautorin nicht aufscheinen, wie wir unter uns abgemacht hatten, der Verlag wünschte es einfach nicht. Dafür aber wollte ich etwas anderes. Wir besiegelten es sogar mit einem Händedruck und einem Kuss, es war ein Vertrag zwischen uns! Für mich war es keine gewöhnliche Trennung, sondern ein feiges, heimliches Verschwinden deinerseits und obendrein ein »Vertragsbruch«.

Gesendet: 24. Jänner 2012
Von: Xaver Sand
An: M. K.

Ganz vage kann ich mich jetzt an diesen Abend erinnern, tranken wir da nicht sehr viel? In meinen Augen hat dieses Gespräch, das wir damals führten, rein gar nichts mit einer »geschäftlichen Abmachung« zu tun. Außerdem passierte nach diesem Abend ja noch sehr, sehr viel in unserer Beziehung, sodass für mich nur eine Trennung infrage kam.

Gesendet: 25. Jänner 2012
Von: M. K.
An: Xaver Sand

Was passierte danach noch so viel in unserer Beziehung? Die Begegnung mit deiner Frau? Wann lerntest du sie kennen? Vor oder nach diesem Abend?

20 Minuten später
Von: Xaver Sand
An: M. K.

Sie ist bereits seit Langem meine Exfrau, wann ich sie zum ersten Mal traf, weiß ich nicht mehr, es ist ja alles schon ewig her, und ist jetzt nicht mehr wichtig. Lass uns doch aufhören, in der Vergangenheit zu bohren!
   Xaver

P. S.: Bist Du verheiratet? Hast Du Familie?

Gesendet: 27. Jänner 2012
Von: M. K.
An: Xaver Sand

torments me

Mir ist es aber wichtig. Du kannst dir nicht vorstellen, wie es mich quälte. Ein paar Wochen nach deinem Weggehen erfuhr ich, dass du sofort bei ihr eingezogen bist. Ich würde gerne wissen, wann und wo du sie kennengelernt hast und wann ihr ein Paar wurdet. Es war ja dein Vorschlag, über Vergangenes zu erzählen und zu reflektieren und ich finde, das zu erzählen, bist du mir schuldig.

Mathilda

Vier Minuten später
Von: Xaver Sand
An: M. K.

Gut, ich werde es Dir genau erzählen, doch jetzt muss ich leider dringend weg. Ich wünsche Dir eine gute Nacht!

Xaver

P. S.: Ich freue mich wahnsinnig auf Dich und auf unser Wiedersehen! Zuerst dachte ich, wir sollten uns gegenseitig aktuelle Fotos schicken, aber ich habe es mir anders überlegt, ich werde Dir kein Foto von mir senden und ich möchte auch keines von Dir, lass unsere Neugier, Spannung und Aufregung wachsen, wir sehen uns in Innsbruck im März!

MATHILDA UND XAVER

Mathilda lernte Xaver im Mai 1980 bei einer Vorlesung über die Literatur der Jahrhundertwende kennen. Es war sehr heiß und drückend im Hörsaal 5, der unsichere rothaarige Professor entschuldigte sich zu Beginn seines Vortrags wegen der ausgefallenen Klimaanlage, deretwegen er dennoch die Vorlesung nicht hatte absagen können. T-Shirt und Jeans klebten an ihrer Haut und Schweißtropfen bahnten sich einen stillen Weg von der Achsel hinunter zur Hüfte. Am liebsten hätte sie ihre Turnschuhe ausgezogen, doch hatte sie Angst, Füße und Schuhe würden – getrennt voneinander – einen unangenehmen Geruch verströmen.

Diese Angst hatte sie ständig, dass sie schlecht roch, dass nicht nur Mund, Füße und Intimbereich, sondern selbst ihre Haut einen stark muffigen Geruch an sich hatte und sich die Leute vor ihr ekelten. Es war wie eine Neurose, die sie vor allem in den Hörsälen überfiel und die ihr Albträume bescherte: Sie saß in einer Vorlesung und alle anderen Studenten, die um sie herumsaßen, hielten sich die Nase zu, sahen mit verzerrtem Gesicht verstohlen zu ihr, bis sie schließlich, einer nach dem anderen, zur Tür hinausgingen. Woher diese Neurose kam, wusste sie sehr gut, sie befürchtete, den Gestank der kleinen und engen Sozialwohnung, in der sie aufgewachsen war, nicht losgeworden zu sein.

Zehn Minuten nachdem der Professor zu lesen begonnen hatte – er las tatsächlich jedes Wort von seinem sorgfältig vorbereiteten Skriptum herunter und sprach nicht einen einzigen Satz frei –, öffnete sich die Tür des Hörsaals und ein großer, schlanker Student mit dunklen Haaren huschte herein. Er fiel *stand out* Mathilda sofort auf und sie konnte nicht anders, als ihn anzustarren; männliche Studenten gab es auf der Germanistik nicht viele und diese wenigen Exemplare sahen meist, zumindest für ihren Geschmack, schräg aus, sie liefen schwarz gekleidet, bärtig, mit langen Haaren und bodenlangen Mänteln herum. Dieser hier sah herrlich normal aus, er trug ein grünes T-Shirt ohne jede Aufschrift, eine Jeans, weiße Turnschuhe und hatte weder einen Rucksack noch eine Tasche bei sich.

Er zwängte sich in ihre Reihe, ließ einen Platz zwischen sich und ihr frei und setzte sich plumpsend nieder, wobei er sie angrinste und sie seine Wangengrübchen *dimples* anstarrte. Als der Professor nach einer Weile über Schnitzlers *Reigen* vorlas, beugte er sich zu ihr und flüsterte: »Könntest du mir ein Blatt Papier und einen Kugelschreiber leihen?«

»Aber klar«, murmelte sie und begann in ihrer Tasche zu kramen, der Professor unterbrach seine Lesung und sah zu ihr herauf, Mathilda spürte die Hitze in ihrem Gesicht. Sie reichte dem Studenten beides, er nahm es umständlich an sich und begann mitzuschreiben, vorher hatte er nur gelauscht und mit den Fingern auf das Pult geklopft, was sie nervös gemacht hatte. Obwohl sie wusste, dass man ab Anfang Juni das Skriptum des Professors im Sekretariat würde kaufen können, schrieb sie eifrig mit.

Am Ende der Vorlesung gab er ihr den Stift mit einem strahlenden Dankeschön zurück und fragte sie, ob sie Lust hätte, mit ihm in der Mensa zu essen, und sie sagte ohne zu zögern Ja, hatte im selben Moment Angst, zu schnell Ja gesagt zu haben. Ein paar Minuten später saßen sie einander gegenüber in dem riesigen, kahlen Raum, fades Geschnetzeltes essend, lebhaft diskutierend. Er erklärte enthusiastisch, Schnitzlers Liebesreigen wäre genial konstruiert und für ihn das erste Drama der Moderne, da habe er mitschreiben müssen, die anderen Schriftsteller und ihre Werke hätten ihn nicht interessiert. Mathilda starrte ihn an, strich sich eine widerspenstige Strähne mehrmals aus dem Gesicht und hoffte, dass sie ihm gefiel.

»Der Inhalt ist eigentlich so einfach, nicht wahr? In zehn Szenen treffen paarweise fünf Männer und fünf Frauen aufeinander, der Soldat und die Dirne, der Soldat und das Stubenmädchen, das Stubenmädchen und der junge Herr, und so weiter, das weißt du sicher besser als ich. Allein diese Struktur ist spitze! Einer der beiden drängt jeweils den anderen zum Geschlechtsverkehr und danach hat man es eilig wieder auseinanderzugehen. Aber was alles so fein und leicht in den Dialogen mitschwingt, finde ich genial, man kann die Charaktere so gut erkennen, und jeder einzelne Dialog ist für sich ein Drama!«

Er hieß Xaver Sand, stammte aus einem kleinen Ort in Oberösterreich, drei Autostunden von Wien entfernt, und war wie sie zweiundzwanzig Jahre alt, sogar im selben Monat waren sie geboren worden: März 1958. Er studierte Germanistik und Philosophie, war aber nicht oft auf der Universität anzutreffen, weil er von den Vorlesungen und Seminaren nichts hielt, mit einem anderen Studenten wohnte er in einer Zweizimmerwohnung, viel mehr erfuhr Mathilda nicht bei diesem ersten Essen.

Während sie sich gegenübersaßen und sich unterhielten – eigentlich sprach die meiste Zeit er und sie hörte ihm zu –, passierte es, sie verliebte sich in ihn. Von Anfang an war Mathilda in ihn vernarrt und rettungslos verloren, irgendetwas in ihr hatte »klick« gemacht. Er saß vor ihr, strahlend, braun gebrannt, mit dunkelbraunen, dichten, lockigen Haaren, die einen Haarschnitt benötigt hätten, grünen Augen und den Wangengrübchen und sprach mit einer Leidenschaft über Literatur, die sie selber an sich vermisste.

Die Studienrichtung Germanistik hatte sie gewählt, weil sie

immer gerne gelesen hatte, weil ihr kein anderes Fach einge-
fallen und weil ihr Deutsch in der Schule nie schwergefallen
war. Andere Beweggründe hatte sie nicht gehabt und sie reich-
ten ihr während des gesamten Studiums völlig aus. Ihre zweite
Studienrichtung war Englisch, und das nur aus dem Grund,
da ihr zwei Lehrer im Gymnasium gesagt hatten, mit einer
zweiten Sprache hätte sie bessere Chancen, schnell eine Stelle
als Lehrerin zu bekommen.

Nach dem Essen schlenderten sie noch eine Stunde in den
Straßen herum und redeten weiter, dabei ging er dicht gedrängt
neben ihr her. Für lange Momente schaffte sie es, verschwitzte
Kleidung, Schweißtropfen, stinkende Schuhe zu vergessen, bis
sie ihr dann umso siedend heißer wieder einfielen und sie ein
Stück von ihm abrückte. Kurz bevor sie sich trennten, küsste
Xaver sie auf die Wange und sagte: »Morgen um eins in der
Mensa?«, und sie nickte, während ihr das Blut in den Kopf
schoss.

In der Wohnung angekommen, stellte Mathilda zuerst fest,
dass ihre Mitbewohnerin nicht anwesend war, sie jauchzte
laut auf, schaltete das Radio ein und zog sich aus. Vor dem
Spiegel betrachtete sie eingehend ihren nackten Körper, sie
war groß für eine Frau und hatte eher breite Schultern und
massige Schenkel, ihre Figur wirkte birnenförmig, die Brüste
waren etwas zu klein, das Becken zu breit. Oft wünschte sie
sich einen zarten, zierlichen Körperbau und dass ihr Aussehen
femininer wirken würde. Mit ihrem Gesicht war sie eher zufrieden, zumindest war es symmetrisch, dachte sie, und weder
Augen, Nase oder Mund waren zu groß oder zu klein, die
hellbraune Haarfarbe war langweilig, nichtssagend und hatte
einen aschigen Ton, seit einem Jahr färbte sie sie mahagonirot.

Sie stand vor dem Spiegel und wünschte sich sehnlichst, dass
ihr Körper dem Studenten Xaver Sand gefallen würde. Dann

45

tanzte sie nackt zu lauter Musik in ihrem Zimmer, so etwas hatte sie noch nie gemacht, unter der Dusche sang sie trällernd mehrere Songs und erst am Abend schrieb sie ihre Mitschrift ins Reine.

Auch Xaver behauptete in den folgenden Jahren, dass es für ihn Liebe auf den ersten Blick gewesen sei: Der Kugelschreiber und Schnitzler wären nur ein Vorwand gewesen, um Mathilda ansprechen zu können, da ihr Anblick und ihre Aura ihn einfach umgehauen hätten, als er sich in ihre Reihe zwängte. Später bezweifelte sie das und glaubte, er hätte ihr sozusagen angesehen, dass sie sich hervorragend dazu eignen würde, eine perfekte Stütze zu sein und dass er sie bewusst auserkoren hatte, seine Stütze in den folgenden schwierigen Jahren zu werden. Denn dass die folgenden Jahre für ihn schwierig werden würden, was Beruf und Geldsorgen anbelangte, hatte er bei jenem Mittagessen bereits gewusst, dass es allerdings so viele werden würden, hatte er nicht geahnt. Er brauchte jemanden, der ihn »versorgte«, das schrie ihm Mathilda einmal im Streit ins Gesicht, da waren sie bereits zehn Jahre oder länger zusammen, aber natürlich stritt er es ab.

Xaver Sand war nämlich Schriftsteller, beziehungsweise wollte einer werden, er arbeitete, als er Mathilda kennenlernte, an seinem ersten Roman. Ein Jahr zuvor hatte er für eine Studentenzeitung eine Kurzgeschichte geschrieben, auf diese Kurzgeschichte wurde ein Verleger aufmerksam und ermutigte Xaver, daraus einen Roman zu machen. Und so saß er schon beinahe ein Jahr lang mehrere Stunden täglich an seiner Schreibmaschine, um die Geschichte einer aufreibenden Suche zu schreiben: Ein Mann sucht jahrelang nach der um sieben Jahre älteren Frau, mit der er als Siebzehnjähriger auf einem Campingplatz an der Ostküste Korsikas seine ersten sexuellen Erfahrungen gemacht hat, bis er sie schließlich findet. Der Roman trug den

Arbeitstitel *Der Sucher* und Xaver war damals gerade dabei, ihn zu beenden.

Als Mathilda das beim zweiten gemeinsamen Mittagessen erfuhr, konnte sie ihr Glück kaum fassen: Sie hatte tatsächlich einen richtigen Schriftsteller kennengelernt und dieser Schriftsteller interessierte sich sogar für sie.

MATHILDA ERZÄHLT XAVER EINE GESCHICHTE

Manchmal hat er einen Anfall, wenn ich bei ihm bin. Er zuckt am ganzen Körper und gibt eigenartige Laute von sich, die gurgelnd und zischend aus seinem verzogenen Mund kommen. Er ist dann zu schwach, um sich auf den Beinen zu halten, er kippt um und stürzt zu Boden, dabei muss ich aufpassen, dass er sich nicht am Kopf verletzt. Ich kenne die Vorzeichen schon gut genug, um rechtzeitig reagieren zu können. Manchmal kann ich einen Anfall vorher schon abwenden, indem ich ihm ein Bad einlasse. Das Wasser hat beruhigende Wirkung auf ihn, er liegt wie tot mit geschlossenen Augen in der Wanne und ist völlig entspannt dabei. Wenn sich der Anfall nicht vermeiden lässt, liegt er auf dem Boden, seine Arme und Beine verrenken sich, seine Augen werden ganz weiß und aus dem Mund fließt Speichel. Ich schiebe ihm einen Kochlöffel zwischen die Zähne, damit er sich nicht in die Zunge beißen kann.

Einmal, es ist jetzt fünf Monate her, biss er sich so fest, dass das Blut nur so spritzte und er tagelang eine dermaßen angeschwollene Zunge hatte, dass ich Angst hatte, er würde keine Luft bekommen. Beim Einatmen zog er die Luft schwer und geräuschvoll durch die Nase ein, beim Ausatmen durch den Mund röchelte er leicht. Mit seinen Fingern tastete er immer wieder besorgt seine Lippen und seine Zunge ab.

Die Anfälle begannen vor eineinhalb Jahren. Wir aßen gerade zu Abend, als ihm die Gabel aus der Hand fiel, er mit dem Kopf und den Armen unkontrollierte Bewegungen machte, bis er schließlich sogar vom Stuhl fiel. Ich erschrak zu Tode und fühlte mich so hilflos wie nie zuvor in meinem Leben.

Ich wusste nicht, was ich machen sollte, ich dachte, er würde sterben, hier vor mir, auf dem Küchenboden. Sein ganzer muskulöser Körper schien ein einziger Krampf zu sein, als hätte eine andere Person von ihm Besitz ergriffen, als wäre er eine Figur in einer Fantasy-Story. Das Ganze dauerte an die fünfzehn Minuten, für mich war es eine Ewigkeit. Ich lag neben ihm auf den Fliesen und versuchte verzweifelt, ihn an mich zu drücken und durch abwechselndes Festhalten und Streicheln seine Gliedmaßen zu beruhigen. Nie hatte ich ihn mehr geliebt als in diesen Minuten. Als es vorbei war, lag er erschöpft und zusammengekauert da und keuchte heftig. Seine Augen blickten zunächst ins Leere, später schauten sie erschrocken drein, so als könnte er selbst am wenigsten fassen, was da mit seinem Körper vorgegangen war. Stundenlang lag er apathisch in seinem Bett und ich konnte ihn zu nichts bewegen.

MATHILDA UND XAVER

Sie sahen sich täglich, nach einer Woche übernachtete er zum ersten Mal bei ihr und am Morgen waren sie ein Paar.

Er war ihr erster richtiger Freund, im letzten Gymnasiumjahr hatte sie eine Zeit lang für einen jungen Musiklehrer geschwärmt, der ihre Schwärmerei jedoch ignorierte, und mit zwanzig, im vierten Semester in Wien, wollte sie unbedingt endlich mit einem Mann schlafen, sie kam sich bereits wie eine alte Jungfer vor. Auf einem Studentenfest trank sie ein wenig zu viel und fasste sich ein Herz, sie sprach den jungen, schüchternen Mann an, der sie seit einer Stunde beobachtete und ihr verklärte Blicke zuwarf. Er entjungferte sie in ihrem Zimmer mit viel Mühe, da auch er unerfahren war, dauerte es eine Ewigkeit, bis er es schaffte, in sie einzudringen. Noch nie hatte Mathilda einen derartigen körperlichen Schmerz empfunden, sie schrie wie am Spieß, der junge Mann, er hieß Martin, verließ eine Stunde später traumatisiert die Wohnung und sie saß enttäuscht vor dem großen, roten Fleck im Leintuch. Ein halbes Jahr lang trafen sie sich mehr oder weniger regelmäßig, der Sex wurde zwar weniger schmerzhaft, aber nicht besser, sie hatte einfach keine Gefühle für ihn und beendete die Affäre. Eineinhalb Jahre später lernte sie Xaver kennen und die Verliebtheit traf sie wie ein Blitz.

Nach ein paar Monaten bekam sie zufällig Xavers Tagebuch in die Hände und blätterte darin herum, sie fand nicht viel über ihre Beziehung darin, es war mehr ein Notizheft, in dem er spontane Einfälle und Ideen aufschrieb. Mathilda durchzuckte ganz kurz das Bedürfnis, er möge sie doch vergöttern und dies aufgeschrieben haben, aber ahnte, dass es nicht so sein würde. Über ihr Kennenlernen hatte er nur ein paar Zeilen geschrieben: »Es war alles zügig und unspektakulär vor sich gegangen, dennoch ohne Hast, aber ohne wochenlanges Schmachten, ohne romantisches Umwerben, ohne Warten, ohne Bangen. Wir waren nicht mehr siebzehn, wir wussten, was wir wollten.«

Für sie sah es allerdings anders aus. In diesem ersten gemeinsamen Frühling mit Xaver schwebte sie buchstäblich jeden Tag in den Wolken und stand gleichzeitig eine Unmenge Ängste aus. So unsäglich war sie in ihn verliebt, dass sie in den ersten Wochen kaum etwas essen und auch kaum schlafen konnte. Wie lange würde es dauern, dachte sie sich, bis er ihre Unzulänglichkeiten bemerken und sich aus dem Staub machen würde? Denn sie fühlte sich voller Komplexe, ohne dass sie sie genau hätte benennen können, und war bemüht sie zu verstecken, jedes Mal war sie nervös und zittrig, wenn sie sich wieder trafen, obwohl nur wenige Stunden seit ihrem letzten Zusammensein vergangen waren. Manchmal empfand sie ihren Zustand als quälend und wünschte sich, sie könnte gelassener sein und das Leben mehr genießen. In jeder Hinsicht wollte sie ihm gefallen und wusste nicht, ob es der Fall war, er machte ihr nie ein Kompliment und gab ihr auch nie zu verstehen, dass ihm eine ihrer Meinungen über irgendetwas imponierte, ihre Beziehung nahm er als selbstverständlich und oft fühlte sie sich austauschbar. Er war immer lässig, cool und wahrscheinlich damit beschäftigt, es zu sein.

Mathilda bewohnte mit einer Freundin, sie hieß Karin, eine Zweizimmerwohnung, und die meiste Zeit schlief Xaver bei ihr. Bevor er zu ihr kam, plagte sie sich oft eine Stunde lang, ihr Zimmer, das Abendessen und sich selbst so herzurichten, dass alles zwar gepflegt und ordentlich aussah, dennoch wie zufällig *way out*

✳

– und flippig – wirkte und auf gar keinen Fall konventionell rüberkam. Xaver hasste Konventionalität.

Wochenlang vernachlässigte sie ihr Studium, weil sie sich nicht konzentrieren konnte, sie dachte unentwegt nur an ihn. Wenn sie zusammen waren, beobachtete sie ihn, speicherte jede noch so kleine Bemerkung von ihm in ihrem Gedächtnis, sie wollte ihn so schnell wie möglich gut und genau kennen, welche Musik gefiel ihm?, welche Bücher beeindruckten ihn?, was waren seine Träume?, wie stellte er sich sein Leben vor? Und vor allem: Welcher Typ von Frau war seine Traumfrau? Alles wollte sie von ihm wissen, um darauf reagieren zu können.

In den Nächten der ersten Zeit konnte sie oft nicht einschlafen, weil ihr Magen rumorte, sie drehte sich so leise wie möglich auf die Seite und betrachtete ihn. Er lag meistens auf dem Rücken, seinen Kopf zur Schulter geneigt und tief atmend. Ihn im Schlaf zu beobachten, genoss sie, es waren die einzigen Momente, in denen sie sich ihm nicht unterlegen fühlte, und sie spürte ihre Liebe stark und schmerzhaft in jeder Faser ihres *pound* Körpers pochen. Sie liebte und wie sie liebte; sie liebte so sehr, dass sie sich manchmal selbst vergaß.

MATHILDA UND XAVER SEHEN EINANDER NACH
SECHZEHN JAHREN WIEDER

Mathilda: Für mich war die erste Zeit nicht so schön, sondern eher stressig. Irgendwie, ich weiß auch nicht, habe ich immer den Stress gehabt, dich zu beeindrucken oder dir zu gefallen. Einmal bin ich in einem Geschäft gestanden und habe fieberhaft überlegt, was ich für das Abendessen einkaufen soll. Wieder Nudeln? Dann habe ich zwei Flaschen Rotwein, französische Käsesorten, Vollkornbrot und Weintrauben gekauft und eine Menge Geld dafür bezahlt. Und Geld habe ich als Studentin wirklich nicht viel gehabt. Später in der Wohnung habe ich alles auf den Tisch gestellt, als wäre es völlig normal, und du hast dich ohne Kommentar darauf gestürzt.

Xaver: Mein Gott, Mathilda, das ist typisch für dich. Du hättest einfach sagen können, das hat soundso viel ausgemacht, gib mir bitte die Hälfte. War ja unter Studenten so üblich.

Mathilda: Wenn es unter Studenten üblich war, hättest du ja auch von selbst die Hälfte bezahlen können. Ich war zu schüchtern und vielleicht auch zu verklemmt, um dich darum zu bitten.

Xaver: Jetzt würde ich gern die Zeit zurückdrehen. Ich würde läuten, du würdest die Tür öffnen, wie immer frisch geduscht, mit nassen Haaren, mit deinen Lippen voller rosa Labello. Du würdest deine lässigen Jeans und einen schwarzen BH tragen. Ich würde dich an mich drücken und drei Minuten mit dir schmusen, während deine Wohnungskollegin, wie hat sie geheißen?

Mathilda: Karin.

Xaver: Während Karin mit ihrem spöttischen Grinsen an uns vorbeirauscht. Mein Blick fällt auf den liebevoll gedeckten Tisch, ich sehe die zwei Rotweinflaschen, die französischen Käsesorten, das Vollkornbrot und die Erdbeeren.

Mathilda: Weintrauben.

mad Xaver: Weintrauben. Ich rufe: Liebling, du bist ein Wahnsinn!, reiße meine Brieftasche aus meiner Hosentasche, öffne sie und entnehme ihr einen Hunderter, den ich dir in deinen BH stecke. Und weil deine Brustwarze dabei so hart wird, schaffen wir es gerade noch ins Bett, wo wir uns stundenlang lieben. Um Mitternacht setzen wir uns an den Tisch und essen genüsslich. Die Weintrauben hat aber Karin schon alle aufgegessen.

Mathilda (lacht): Witzbold. *joker!* *funny!*

XAVER ERZÄHLT MATHILDA EINE GESCHICHTE

Mein Roman trägt den Arbeitstitel *Geh nicht fort*, und darin geht es vor allem um zwei Lebensjahre meines Großvaters Richard Sand. Es ist die Zeit von Dezember 1918, als er aus den Vereinigten Staaten nach Hause zurückkehrte, um seiner Familie zu helfen, bis Dezember 1920, als er mit seiner schwangeren Frau sein erstes Weihnachtsfest im eigenen Haus feiert. Alles davor wird in Rückblenden erzählt, alles danach *flashback* wird nur kurz geschildert und der Schluss soll offen bleiben.

Mathilda: Ich mag offene Schlüsse nicht, sie lassen den Leser unbefriedigt zurück.

Xaver: Sie regen die Fantasie des Lesers an.

Am 27. Oktober 1919, es ist ein Sonntagmorgen, steht Richard vor dem Elternhaus, das gerade neu aufgebaut wird, da das alte vollständig ausgebrannt ist, und weiß nicht, was er machen soll, er hadert mit sich und ist völlig verzweifelt. Soll er *despair* im Mühlviertel, in seiner Heimat bleiben, das Haus übernehmen, den elterlichen Betrieb, eine Schusterei, wiederaufbauen, sich um seinen alten Vater und die jüngeren Geschwister kümmern und Anna heiraten, die stille, sanfte Anna, die erst vierzehn war, als er damals wegging, und die ihm jetzt ihre Liebe gestanden hat? Oder soll er zurückgehen in die Vereinigten Staaten, nach Milwaukee, wo er die letzten zehn Jahre seines Lebens verbrachte, glückliche, freie Jahre, aber auch Jahre voller Sehnsucht nach der Heimat, der Familie, den Freunden, und wo Dorothy auf ihn wartet, Dorothy, die temperamentvolle, leidenschaftliche Schuhverkäuferin mit irischem und indianischem Blut in den Adern, Dorothy, mit der er glückliche Jahre, unbeschwert und ohne irgendwelche Zwänge, verbrachte?

Richard steht vor den Steinmauern und vor den Unmengen von Steinen, die es noch braucht, um das große Haus fertig werden zu lassen. Was soll er tun? Wie soll er sich entscheiden? Er liebt beide Frauen und beide Wege stehen ihm offen. Anna oder Dorothy? Alte Heimat oder neue? In der alten Heimat fürchtet er die Verantwortung und das schlechte Gewissen, in der neuen das Heimweh und das schlechte Gewissen.

Wenn er nach Milwaukee zurückgeht, wird es für seine Familie zwar schwer werden, ohne ihn, den nun Ältesten, auskommen zu müssen, doch sie werden es schaffen, sein sechzehnjähriger Bruder Karl wird die Verantwortung übernehmen für den Besitz, den kranken Vater, die drei Schwestern, die es samt Mitgift zu verheiraten gilt. Karl ist zwar jung, aber ein verlässlicher, starker Bursche, der weiß, worauf es ankommt, er wird in alles hineinwachsen, um ihn muss er sich keine Sorgen machen, Karl wünscht sich vermutlich sogar, der Erbe zu sein. Es ist also nicht nur das Pflichtgefühl der Familie gegenüber, das ihn hier im Mühlviertel halten würde, sondern vielmehr sein wachsender Wunsch, denn Anna mit ihrem freundlichen Lächeln, den Sommersprossen, den flachsblonden, langen Haaren, der hohen, geraden Gestalt, drängt sich in den Vordergrund. Doch er braucht nur einige Minuten heftig an Dorothy zu denken, wie sie am Hafen stand und ihn verabschiedete, ihn leidenschaftlich küsste, er braucht nur an ihr fröhliches Lachen denken, an ihr wunderschönes, ebenmäßiges Gesicht, das immer zu strahlen schien, an ihren bronzefarbenen, anschmiegsamen Körper, schon würde er sich am liebsten in den Zug setzen, nach Hamburg fahren, um dort das nächste

Schiff nach New York zu besteigen. Dorothy oder Anna? Anna oder Dorothy? Alte Heimat oder neue?

Wie sieht er sich selbst? Sieht er sich als Nachfahre einer alteingesessenen (früher einmal wohlhabenden, zurzeit jedoch sehr armen) Familie im Heimatort, Besitzer eines großen Hauses (das erst wieder aufgebaut werden muss) mit Grund und Boden und Wald, einer Schusterei, die seit einem Jahrhundert *shoemaker* im Besitz der Familie ist (und die seit Mitte des Krieges zugesperrt ist), mit der Aussicht, wie sein Großvater und Vater einmal Bürgermeister zu werden? Die Herausforderung, er muss es zugeben, reizt ihn. Wird er es schaffen, aus der alten Familie Sand wieder das werden zu lassen, was sie vor dem Krieg war, und vielleicht sogar noch mehr? Gleichzeitig fürchtet er die Verantwortung, die solch ein Leben mit sich bringt, Anna hat einen mongoloiden Bruder, den sie höchstwahrscheinlich in die Ehe mitbringen wird, wohingegen eine Mitgift kaum zu erwarten ist. Den Vater gilt es bis zu seinem Lebensende zu versorgen und zu pflegen, die Schwestern soll man gut verheiraten oder sich um eine passende Dienststelle für sie kümmern.

Oder sieht er sich als Fremder in einer großen Stadt, in einem Land, in dem es nur Fremde gibt, in dem Herkunft, Abstammung und Name kaum etwas zählen, alleine die Kraft der Hände und die Arbeit des Kopfes und das, was man sich damit schafft? Ein Fremder, der sich zeitlebens in der Sprache nicht heimisch fühlen wird, der aber in vielerlei Hinsicht freier ist als in der Heimat, wo man die jahrhundertealte Last der Sippschaft mitschleppt und sich immer bestimmten Zwängen und Verhaltensmustern (»Denk daran, du bist ein Sand!«) verpflichtet und verbunden fühlt. Richard erinnert sich gut an das Gefühl, das er im ersten Jahr in Milwaukee verspürte, er fühlte sich wie neugeboren und unerklärlich beschwingt. Es gab keine Menschen, die ihm weiß Gott was vorhielten oder ihm mit stillen Vorwürfen begegneten: Dein Großvater hat mir die Wiese zu billig weggeschnappt, dein Vater hat schlechtes Leder für die Schuhe verwendet, dein älterer Bruder war ein wilder Raufbold und hat mir den Zahn ausgeschlagen, deine Tante hätte mich nehmen sollen anstatt diesen Trunkenbold, das hat sie jetzt davon. Er empfand es als Last, dass die Menschen im Dorf alles von ihm und seinen Vorfahren wussten und ihn danach bewerteten, und empfand es als Befreiung und Erleichterung, in der großen Menschenmenge in Milwaukee ein Nichts und Niemand zu sein. Doch auf der anderen Seite spürte er in allem eine wohltuende Vertrautheit, als er im Dezember 1918 wieder nach Hause zurückkehrte, nachdem er aus einem Brief der Schwester erfahren musste, dass seine Mutter und sein ältester Bruder bei einem Brand ums Leben gekommen waren. Alle sprachen seine Sprache, seinen Dialekt, er kannte jeden Stein in der Umgebung, er sah nur in vertraute Gesichter, er fühlte sich daheim.

Wie soll er sich entscheiden? Er weiß es nicht, lässt sich auf einen Haufen Steine fallen und vergräbt die Hände im Gesicht. Seit Wochen ringt er innerlich um eine Entscheidung.

Sein ganzes Leben hängt von dieser einen Entscheidung ab! Warum kann man nicht mehrere Entwürfe seines Lebens versuchen und sich dann für einen entscheiden? *Ein* Leben ist, als hätte man keines! Wenn man sich falsch entschieden hat und sich das im Alter eingestehen muss, wie schrecklich muss das sein.

Mathilda: Das ist das erste Mal, dass du dich mit der Geschichte deiner Familie auseinandersetzt.

Xaver: War höchste Zeit.

MATHILDA UND XAVER

Diese ersten zwei gemeinsamen Jahre, in denen sie noch getrennte Wohnungen hatten, waren die intensivsten, die geselligsten und lautesten. Fast jeden Abend standen sie in der Küche von Mathildas Wohngemeinschaft, mit Xavers Freund Paul und ihrer Freundin Karin, Spaghetti kochend, essend, trinkend und Gras rauchend, die Füße auf dem Tisch, und fortwährend redend. Sie redeten ständig, sie redeten laut, sie redeten über alles, was sie sahen, hörten, lasen und was sie bewegte, sie redeten über ihren Tagesablauf, über Professoren, über Politik, über Philosophie, über Gott und die Welt und vor allem über Bücher. Mathilda lernte viel von diesen Gesprächen über Bücher, oft mehr als bei den Seminaren auf der Universität, deshalb saugte sie Xavers leidenschaftliche Analysen von Geschichten und Charakteren gierig in sich auf. Oft wusste sie spontan über ein Buch nur zu sagen, ob es ihr gefallen hatte oder nicht, sie kam über die Stimmung, die es ihr vermittelt hatte, nicht hinaus und brauchte eine Weile, um sich weitere Dinge aus den Fingern zu saugen, die dann langweilig und nichtssagend klangen. Sie wünschte sich Xavers Eloquenz.

Spät in der Nacht zog man mit Freunden und Bekannten los, in irgendeine Bar, in ein Pub oder zu einer privaten Party. Jede Woche feierte jemand aus dem Bekanntenkreis ein Fest in seiner Studentenbude, und dort wurde auch wieder lautstark geredet, mit der Bierflasche in der Hand, und erst gegen Früh, wenn man heillos betrunken war, tanzte man flippig oder schrullig, und wenn man schläfrig wurde, sank man eng umschlungen in eine Ecke und knutschte. Später einmal gestand Xaver Mathilda, dass er diese Zeit am schönsten gefunden hatte.

Mathilda schrieb am 27. Juni 1981 in ihr Tagebuch:

»Unser Leben ist ein einziges Gespräch und obendrein eine einzige Party, wir sind kaum zu zweit, immer umringt von einer Menge Leute, immer unterwegs. Xaver genießt das, ich würde es mir manchmal ruhiger wünschen. Oft denke ich mir, lass ihn doch alleine ziehen, bleib zu Hause, schlaf dich mal richtig aus. Doch nie schaffe ich es, ich muss in seiner Nähe sein. Auch habe ich Angst, dass er mich langweilig findet, wenn ich nicht mitkomme. Untertags fühle ich mich müde und kaputt. Ich kann nicht konzentriert lernen und mein schlechtes Gewissen plagt mich. Ich muss meine Diplomarbeit fertig schreiben, ich muss im Herbst die Abschlussprüfung schaffen, um endlich unterrichten zu können. Ich will mein eigenes Geld verdienen und nicht mehr von diesem mageren Stipendium abhängig sein. Auch kellnern in dem grindigen Café mag ich nicht mehr. Ich freue mich so sehr darauf, Lehrerin zu sein und mit Xaver in einer Wohnung zu leben! Ich freue mich darauf, wenn er mir alleine gehört.«

Nach fast zwei Jahren Beziehung zogen sie zusammen in eine Dreizimmerwohnung, es war Anfang März 1982, der Monat, in dem beide vierundzwanzig wurden. Seit Februar arbeitete Mathilda als Deutsch- und Englischlehrerin in einem Sprachengymnasium.

Bei der Wohnungssuche hatten sie enormes Glück, sie fanden auf Anhieb – es war die zweite, die sie sich ansahen – eine helle, freundliche Wohnung mit drei großen Zimmern, einer modernen Küche und einem riesigen Balkon, der sich über zwei Seiten, die Süd- und die Westseite der Wohnung, erstreckte. Xaver wollte die erste nehmen, doch diese war Mathilda zu klein und finster und es war ihr wichtig, gut und schön zu wohnen. Sie empfand eine Wohnung als zweite Haut und in dieser zweiten Haut wenigstens wollte sie sich absolut wohlfühlen. Außerdem hasste sie es, an die dunkle, enge Wohnung ihrer Kindheit und Jugend erinnert zu werden.

Während sie in der Schule war, schrieb Xaver an seinem zweiten Roman – zumindest nahm Mathilda dies an –, und oft schrieb er auch in der Nacht. Dieser zweite Roman basierte auf Arthur Schnitzlers *Reigen*, den Xaver so sehr liebte, und trug den Titel *Fünf Frauen, fünf Männer*. In einem modernen Reigen begegnen einander Figuren der achtziger Jahre paarweise in zehn Szenen, einer drängt den anderen zum Geschlechtsverkehr, um sich anschließend so schnell wie möglich aus dem Staub zu machen.

Plötzlich redeten Mathilda und Xaver nicht mehr so viel, waren dabei aber nicht weniger glücklich, es schien, als wäre Ruhe eingekehrt, und sie liebte diese Ruhe und Zweisamkeit. Obwohl sie sich von Xaver oft mehr wünschte, die Fantasie, die er beim Schreiben aufbrachte, fehlte ihm gänzlich in der Beziehung.

Am Wochenende fuhren sie manchmal mit dem Rad in einen Park, um sich ins Gras zu legen, sich zu sonnen, zu lesen. Xaver wollte immer Freunde mitnehmen, er brauchte Publikum, sie hingegen genoss es besonders, wenn niemand Zeit hatte und sie zu zweit waren. Sie beobachtete ihn heimlich, wie er neben ihr an einem Baum gelehnt saß. Er kam ihr so perfekt und wunderschön vor, und in diesen Momenten dachte sie: Gleich wache ich auf und stelle fest, dass es nur ein Traum war, es ist unmöglich, dass er zu mir gehört.

E-MAILS, DIE MATHILDA UND XAVER EINANDER
SCHREIBEN, BEVOR SIE EINANDER WIEDERSEHEN

Gesendet: 28. Jänner 2012
Von: Xaver Sand
An: M. K.

Guten Morgen, Mathilda!

Ich lernte Denise im Verlag kennen, als ich mich dort vorstellte, ich glaube, das war im Juni 95 – das Datum wirst Du sicherlich genau wissen, so wie ich Dich kenne –, ich kam gerade, glücklich und selig, aus dem Verlag – das Treffen war perfekt verlaufen, sie wollten alle drei Teile veröffentlichen –, als sie mit ihrem Vater aus dem Auto stieg und den Verlag betreten wollte.

Denise stützte ihren Vater und plötzlich sackte er zusammen, ich half ihr, ihn sicher in das Gebäude hineinzubringen und auf einen Stuhl zu setzen, ich glaube, ich besorgte auch noch ein Glas Wasser, wir sprachen kurz miteinander, während wir auf die Rettung warteten, sie bestand darauf, die Rettung anzurufen, obwohl es ihrem Vater sofort wieder besser ging und er absolut nicht ins Krankenhaus wollte. (Joachim war ein Kämpfer, er starb nicht ganz zwei Jahre darauf.) Auf alle Fälle stellten wir uns einander vor, ich erzählte ihr von der Trilogie und dass ich soeben die Zusage erhalten hatte, Denise beglückwünschte mich und wir plauderten ein bisschen. Ihr Vater, Joachim Sonnenfeld, den Namen kennst Du sicher, hatte seine Memoiren verfasst und sie hatte ihm dabei geholfen, sie war ja in seinen letzten Lebensjahren seine Managerin gewesen. Ja, und wir trafen uns dann ab und zu zufällig.

Ein Paar wurden wir erst viel später, ich glaube, erst nachdem ich aus Wien wegging.

Zufrieden?

Gesendet: 29. Jänner 2012
Von: M. K.
An: Xaver Sand

Xaver!

1. Natürlich weiß ich das Datum noch, wie sollte ich das vergessen, an diesem Tag feierten wir am Abend und es kam zu jener »Abmachung«: Es war der 17. Juni.

2. Ich kenne die Memoiren des millionenschweren Joachim Sonnenfeld. Jude (brüstet sich damit, sogar ein paar Tage lang im Warschauer Ghetto gelebt zu haben, bevor ihn ein entfernter Verwandter, ein Nazi, da rausholte, ganze vier Kapitel sind der kurzen Zeit gewidmet); Selfmademan, wie er behauptet (ein Großonkel vererbte ihm das erste Hotel, verschweigt er ganz bewusst); schließlich steinreicher Besitzer einer Hotelkette (mit einer Tochter, derer er sich offensichtlich schämte?, zwei Zeilen sind ihr gewidmet). War vermutlich angenehm, das Leben an der Seite der Tochter, dieses Jetset-Leben, die Publicity, die alleine ihr Name mit sich brachte?

3. Dass ihr erst nach deinem Weggehen ein Paar wurdet, ist ganz einfach nicht richtig und du weißt das.

Fünfzehn Minuten später
Von: Xaver Sand
An: M. K.

Ich habe keine Lust, über Denise zu schreiben, wir sind seit Jahren geschieden, doch hör auf mit Deinen Unterstellungen, ich verliebte mich in sie nicht aufgrund ihres Namens und ihres Reichtums, und wir wurden erst, nachdem ich Dich verlassen hatte, ein Paar, ich betrog Dich nicht mit ihr.

Lass uns doch über die Gegenwart schreiben!

Gesendet: 30. Jänner 2012
Von: M. K.
An: Xaver Sand

Xaver,

Unterstellungen???

Ich schrieb nicht, dass du dich aufgrund ihres Namens und Reichtums in Denise verliebtest, sondern dass das Jetset-Leben und die Publicity an ihrer Seite vermutlich angenehm waren.

Ich schrieb bereits einmal über den 16. Mai, den Tag, an dem ich nach Hause kam und du nicht mehr da warst. Dein Wohnungsschlüssel lag auf dem Nachtkästchen, daneben kein Zettel oder Brief. Ich bekam zittrige Knie und mir war schwindlig und übel, ich musste mich auf das Bett legen. Meine Gedanken überschlugen sich und ich verstand nichts, rein gar nichts. Gerade im letzten Jahr waren wir so glücklich gewesen, als wir die Trilogie geschrieben und dann die Zusage vom Verlag bekommen hatten. Ich verstand nichts und fühlte mich nur dumm. Niemandem erzählte ich, dass du gegangen warst. Wenn jemand nach dir fragte, sagte ich, dass du eine

Schreibwerkstatt in Deutschland leitetest, aber die meisten nahmen es mir nach einer Weile nicht mehr ab und schauten mich mitleidig an. Ich rief ein paar Mal deine Mutter an, die aber anfangs wirklich nichts wusste und mir später nichts sagen wollte. Irgendwie glaubte und hoffte ich am Anfang, dass es nicht endgültig sei, dass du zurückkommen würdest. Es war komisch, ich hatte sogar noch Tagträume: Ich stellte mir vor, dass du gerade ein Haus für uns kaufst und es einrichtest und mich damit überraschen willst.

Drei Wochen später sah ich dann dieses Foto von euch in einer Zeitschrift. Eine Schülerin hatte sie in der Deutschstunde aufgeschlagen vor sich auf dem Tisch liegen gehabt, wahrscheinlich hatte sie es mit Absicht gemacht. Die Schüler damals hatten ja gewusst, dass ich mit dir zusammen war. Ich ging an dem Tisch vorbei nach vorn zum Lehrertisch und sah dieses große Foto von euch beiden. Von dir, Xaver Sand, dem Shootingstar unter den Jugendbuchautoren, und von Denise Sonnenfeld, der einzigen Tochter des steinreichen Hoteliers Joachim Sonnenfeld. Ihr standet vor dem großen Bauernhof, den sie vor Kurzem gekauft hatte, weil sie sich ein zurückgezogenes Leben in der Natur wünschte. Ihr saht beide so strahlend und glücklich aus, du in deinen Shorts und das Hemd geöffnet und sie in ihrem leichten kurzen Sommerkleid, unter dem man schon den Bauch erkennen konnte. Ich verspürte einen Stich im ganzen Körper, ja mein ganzer Körper schmerzte, gleichzeitig fühlte ich mich sehr schwach. Ich blieb stehen und las die Zeilen darunter. Denise war im fünften Monat schwanger und in zwei Wochen würde eure große Hochzeit auf diesem Bauernhof stattfinden und Joachim Sonnenfeld beglückwünschte seine Tochter zu der Wahl. Einen Lackaffen aus der Promiszene hätte er, der Mann aus kleinen Verhältnissen, nicht gerne an ihrer Seite gesehen. Danach ging ich noch nach vor zum Lehrertisch, aber von da an weiß ich nicht mehr, was passierte. Angeblich setzte ich mich auf den Stuhl und war nicht mehr ansprechbar.

Sie hätte also nicht schwanger sein können, wenn ihr erst danach ein Paar geworden wärt, nach deiner Abreise aus Wien. Lüg mich bitte nicht mehr an und streite nicht alles kategorisch ab, das ist nach einer so langen Zeit ja sogar lächerlich. Halte dich an die Fakten, es war dein Vorschlag über Vergangenheit und Gegenwart zu erzählen und zu reflektieren. Ich vertrage die Wahrheit nach fast sechzehn Jahren sehr wohl, musste mit ihr auch vorher schon zurechtkommen. Aber vielleicht kommst du ja nicht damit zurecht, nämlich mit der Tatsache, dass du dich wie ein gewaltiges Arschloch (verzeih mir den Ausdruck) verhieltest.

Mathilda

Gesendet: 31. Jänner 2012
Von: Xaver Sand
An: M. K.

Liebe Mathilda,

dass Du alles auf diese Weise erfahren musstest, tut mir wirklich sehr leid, das musst Du mir glauben, bitte, bitte, glaub mir das, das wollte ich nicht und deshalb schrieb ich Dir auch einen langen Brief, um alles zu erklären, ich hätte ihn eingeschrieben absenden sollen.

Nach langem Nachdenken habe ich die Fakten (die ich zwar mittlerweile nach dieser langen Zeit für irrelevant halte, doch ich kann verstehen, dass sie für Dich wichtig sind) einigermaßen zusammenbekommen: Denise und ich lernten uns – wie schon berichtet – im Juni 95 beim Verlag kennen, eine Woche später, als ich wegen des Lektorats wieder in München war, kam es zu einem Treffen in einer Bar. Wenn Du es genau wissen willst, sie war es, die mir ihre Visitenkarte beim ersten Kennenlernen gab, aber ich war derjenige, der sie schließlich anrief. Sex gab es bei diesem Treffen keinen. Wir sahen uns daraufhin ab und zu und sehr unregelmäßig, und kurz vor Weihnachten passierte es, wir schliefen das erste Mal miteinander. Ende Februar 96 stellte sich heraus, dass sie schwanger war, Anfang Juli heirateten wir und am 21. Oktober kam Jakob auf die Welt.

Und vermutlich weißt Du auch von der schrecklichen Tragödie, die danach geschah, es stand ja oft genug in der Zeitung. Für mich überwiegt sie *alles* andere; im Vergleich zu dem, was mir damals passierte, scheinen mir die Dinge daneben sehr klein, es ist alles andere unwichtig, wenn man das Unfassbare erleben muss.

Gesendet: 31. Jänner 2012
Von: M. K.
An: Xaver Sand

Xaver,

ich kenne die schreckliche Tragödie, die dir und deiner Frau zustieß, ich verfolgte sie damals in den Medien. Das Ganze tut mir sehr leid und ich meine es auch so: Es tut mir wirklich leid, es muss furchtbar für euch gewesen sein. Doch für mich hat das eine nichts mit dem anderen zu tun, das eine rechtfertigt das andere nicht. Man kann sich doch nicht wie ein A. verhalten, weil man eventuell in absehbarer Zeit etwas Unfassbares erleben wird?!

Deshalb: Warum bist du noch bis Mai bei mir geblieben, wenn ihr kurz vor Weihnachten schon ein Paar geworden seid?

Mathilda

Mir war einfach lange Zeit nicht klar, wie ich mich entscheiden sollte, für Denise oder für Dich. Ich liebte Dich ja auch – ich liebte euch beide – und konnte die letzten sechzehn Jahre mit Dir nicht so schnell über Bord werfen!

Als sich herausstellte, dass Denise schwanger war, drängte sie mich zu einer raschen Entscheidung und ich brauchte dann immer noch drei Monate, um mir über meine Gefühle im Klaren zu sein. Ich ging nicht leicht von Dir weg, das kannst Du mir glauben!

Warum hast du mir nie gesagt, dass du dich in jemand anderen verliebt hast?? Dass du eine Freundin in Deutschland hast, die schwanger von dir ist!! Warum hast du nie angedeutet, dass du dich trennen willst? Du warst zwar in der Zeit viel weg, aber mir hast du vorgespielt, dass alles bestens zwischen uns läuft!

Weil ich Dich nicht verletzen wollte und obendrein feig war! Weil ich nicht wusste, ob die Affäre mit Denise von Bestand ist – sie war ja auf dem Papier noch mit ihrem zweiten Mann, diesem Rennfahrer, verheiratet –, denn wenn sie es nicht gewesen wäre, wäre ich vor Dir als der Untreue dagestanden und das wollte ich eben nicht! Kannst Du das nicht verstehen? Auch nach so einer langen Zeit nicht?

Außerdem zur Erinnerung: Zwischen uns lief es eben nicht mehr ganz so gut, aber das hättest Du Dir nie eingestanden! Du lebtest nur für Deine Schüler, für mich hattest du keine Zeit!

Eine Minute später
Von: M. K.
An: Xaver Sand

Hattest du denn Zeit für mich? Du warst auf einmal der beschäftigte Schriftsteller, der nur mehr unterwegs war!

Vier Minuten später
Von: Xaver Sand
An: M. K.

Für mein neues Leben interessiertest Du Dich null! Den ganzen Rummel kommentiertest Du ständig verächtlich, so als müsste ich mich für meinen Erfolg schämen! So als dürfte man keinen Erfolg haben und deswegen glücklich sein!

Hätte deine Frau sich auch in dich verliebt, wenn du ein Niemand gewesen wärst? Wenn man dich nicht in den Medien als den talentierten Shootingstar unter den Jugendbuchautoren gefeiert hätte?

Ob erfolgreich oder erfolglos war Denise vollkommen egal, ihr gefiel, dass ich ein Schriftsteller war und so ganz anders als ihre Schickimicki-Freunde. Noch eine Frage?

Ich hätte nämlich auch eine: Bist Du verheiratet, liiert oder eine alleinstehende, frustrierte Deutschlehrerin, die sich in braune Strickjacken hüllt und grünen Tee trinkt?? Ich hoffe nicht.

Xaver

Du hast mich ausgenützt. Kaum warst du erfolgreich und auch finanziell flüssig, warst du weg! Außerdem wurdest du nur aufgrund meiner Idee ein erfolgreicher Schriftsteller, ich lieferte dir die Idee für *Engelsflügel*, *Engelskind* und *Engelsblut*!

P. S.: Ich trage gerne Strickjacken, in jeder Farbe, und ich trinke oft Tee, und zwar alle Sorten.

Eine halbe Stunde später
Von: Xaver Sand
An: M. K.

Mathilda,

ich habe Dich nie *ausgenützt!* Dass wir uns entfremdeten, fiel zufällig – oder vielleicht auch nicht zufällig?, wer weiß?, vielleicht hattest Du den erfolglosen Schriftsteller lieber als den erfolgreichen? – in die Zeit, in der ich endlich Erfolg hatte!!

Es tut mir leid, dass ich Dich mit Denise zum Schluss betrog, sogar sehr leid, ich hatte Dir gegenüber oft ein schlechtes Gewissen; doch diese Affäre war das Einzige, was ich mir zuschulden kommen ließ – achtzig Prozent der Männer und Frauen gehen fremd! –, ansonsten verhielt ich mich Dir gegenüber immer fair und ehrlich.

Xaver

Eine Minute später
Von: M. K.
An: Xaver Sand

Das war ein sehr guter Witz!

Ich gehe jetzt schlafen. Gute Nacht!

Gesendet: 9. Februar 2012
Von: Xaver Sand
An: M. K.

Liebe Mathilda,

eine ganze Woche keine E-Mails von Dir, ich hoffe, ich habe Dich nicht mit irgendeiner Bemerkung verletzt, ich hoffe, Du bist nicht krank, ich hoffe, Du hast nicht zu viel Arbeit. Da wir nun lange genug in der Vergangenheit herumgebohrt haben, möchte ich Dir ein bisschen von meiner Gegenwart erzählen.

Seit einem Jahr wohne ich in meinem Elternhaus, ja tatsächlich, ich wohne in meinem Elternhaus, das wirst Du jetzt kaum glauben, ich sehe Dich vor mir, wie Du ungläubig den Kopf schüttelst und murmelst: »Das gibt es nicht«, aber es ist wahr, ich lebe – und arbeite – darin.

Im letzten Sommer starb meine Mutter und plötzlich stand ich vor der Entscheidung, das Haus zu bewohnen oder es gänzlich dieser Stiftung zu überlassen, die meine Mutter nur zu dem Zweck gegründet hatte, damit ich es nicht verkaufen konnte. Ich entschied mich, darin zu wohnen, denn ich wollte ohnehin einen Neustart, schon vor Jahren hätte ich den gebraucht, aber ich habe nie den Mut dafür gefunden. Ich freute mich auf meine »Heimkehr«, ich wollte mich im Haus verkriechen und schreiben, schreiben, schreiben, ich dachte, hier würde ich endlich den Roman meines Lebens schreiben, dachte, alles würde gut werden, hier in der Einsamkeit, die mich heilen würde – wovon? Von den Geistern der Vergangenheit?

Ich kann aber mit der Einsamkeit nichts anfangen, ich mag sie nicht, mochte sie nie (Du weißt das am besten!) und sie mag mich auch nicht, sie lullt mich nicht ein und heilt mich, sie lullt mich ein und macht mich verrückt, ich bin schon so weit, dass ich jeden Abend in das Dorfgasthaus gehe, mit dem Vorwand, dort zu essen, obwohl ich nur gierig die Leute um mich beobachte. Du weißt es ja sicherlich noch: Ich kann Nähe nicht ausstehen, kann mit ihr nicht umgehen, fühle mich schnell eingeengt, brauche aber Menschen, um sie zu beobachten, von ihnen ihre Lebensgeschichten zu hören, und gleichzeitig, dass sie mich sehen, wie ich lebe, was ich tue, sozusagen als »Zeugen meines Lebens«, damit ich nicht ganz versumpfe, damit ich mich zusammenreißen muss, ich mich nicht gehen lasse.

Die Dorfleute starren mich immer mitleidig und neugierig an, wenn ich die finstere Gaststube durchquere, um mich an den letzten Tisch zu setzen, für sie bin ich die gescheiterte Existenz, ihre Gesichter kommen mir vage bekannt vor (klar, ich wuchs hier auf), doch hätte ich keinen Einzigen mit Namen nennen können. Kurz vor Weihnachten setzte sich ein alter Klassenkamerad zu mir, wir waren in der Volksschule unzertrennliche Freunde gewesen, er hieß Bernhard und arbeitete als Montagetischler im Nachbarort. Er bestellte einfach zwei Bier für uns und stieß mit mir an, dazu sagte er nur mit einem schiefen Grinsen: Auf das Scheißleben.

Ich musste unwillkürlich lachen, es passte zu ihm, ich hätte nichts anderes von ihm erwartet als dieses leise, spöttische: Auf das Scheißleben. Ja, Prost, zum Wohl, auf dich, du Scheißleben! Seitdem trinken wir regelmäßig gemeinsam ein paar Bier, dabei reden wir gar nicht viel, meistens schweigen wir uns an und blasen uns Rauch ins Gesicht. Was Bernhards Leben betrifft, hat der Trinkspruch eindeutig Berechtigung, er wuchs ohne Vater auf und die alleinerziehende Mutter ging den ganzen Tag arbeiten, um sich die Lebensmittel leisten zu können, und die Kinder waren bereits im Kindergartenalter am Nachmittag alleine zu Hause auf sich gestellt. Seine Frau, deretwegen er ein luxuriöses Haus gebaut und sich enorm verschuldet hatte, verließ ihn vor zwei Jahren wegen eines Arztes, und seine kleine Tochter sieht er kaum noch, da sie sich weigert, »zum Proleten« zu fahren, so die Worte der Siebenjährigen.

Seit genau hundertzweiundneunzig Tagen lebe ich also in Schuroth, in meinem Elternhaus, das für meine Mutter und für meinen Großvater der Lebensinhalt war, das ich als Jugendlicher als »monströse Steinburg« bezeichnete, in dem ich mich in der Kindheit schon nicht wohlfühlte und ständig fror und in dem ich seit dreiunddreißig Jahren nie mehr als zwei Nächte hintereinander geschlafen hatte. Seit meiner Ankunft im September habe ich das Gefühl, es will mich nicht beherbergen, es versucht mich ständig auszuspucken, kämpft gegen meine Anwesenheit hier, will endlich in Ruhe verwahrlosen und dann verfallen, das signalisierte es mir täglich mit Wasserrohrbruch, Kurzschlüssen, Schimmel, kaputtem Heizkessel. Einen Monat nach meinem Einzug sagte ich dem Haus den Kampf an: Ich riss alle Vorhänge herunter, schnappte alle Decken, Sofaüberzüge, Pölster, Teppiche und machte hinter dem Haus ein riesiges Feuer, Du hättest sehen sollen, wie es brannte, es loderte mehrere Meter in den blauen Himmel hoch! Stühle holte ich, die Kleider meiner Mutter, meine Babykleidung, ja sogar Bücher, ich holte alle Bücher, die im Haus waren und machte eine Bücherverbrennung, es war eine Wohltat, die Buchstaben und Worte zischend verschwinden zu sehen (es wird ohnehin viel zu viel geschrieben, findest Du nicht auch?). Wie ein Irrer machte ich einen Indianertanz um das Feuer und eine Nachbarin, die zufällig mit ihrem Hund vorbeispazierte, beobachtete mich mit offenem Mund, ich war mir sicher, sie würde die Psychiatrieabteilung im Krankenhaus anrufen.

Gut, ich gebe zu, ich übertrieb.

Bis jetzt gefällt es mir nämlich ganz gut und ich fühle mich nicht so unwohl hier, das hätte ich mir früher nie gedacht, dass es einmal mein Heimatdorf sein wird, in dem ich leben werde, und mein Elternhaus, in dem ich zur Ruhe kommen kann. (Die letzten vierzehn Jahre waren die Hölle für mich!) Ich arbeite intensiv an meinem Roman, ich werde Dir davon in Innsbruck erzählen, ich bin sicher, er wird Dir gefallen, es ist der erste Roman, an dem ich mit Freude arbeite, ja, ich setze mich jeden Tag konsequent an meinen Computer, kaum zu glauben, nicht wahr?

Jeden Tag sind eine Menge Handwerker hier, weil das Haus saniert und umgebaut wird (was der Stiftungsvorstand großzügig gestattete), ich hatte Angst, sie würden mich bei der Arbeit stören, doch bis jetzt geht es gut, sie werken im Erdgeschoß herum, ich verziehe mich in den ersten Stock oder umgekehrt. Die Außenfassade bleibt erhalten, doch das Innenleben wird völlig umgekrempelt, sogar die Raumaufteilung wird verändert, ich möchte mit keinem einzigen Detail an die alte Bude meiner Kindheit erinnert werden!

Meine Frage, ob Du verheiratet bist, beantwortest Du nicht. Warum?

Xaver

Gesendet: 10. Februar 2012
Von: M. K.
An: Xaver Sand

Xaver,

ich liebte dich, ob erfolgreich oder erfolglos war mir egal, ich liebte dich. Doch natürlich wünschte ich mir für dich den Erfolg und wie ich ihn mir für dich wünschte! Ich spürte, wie sehr du ihn brauchtest und ihn dir herbeisehntest. Ich spürte, wie alle unsere Bekannten auf deinen Erfolg warteten und du darunter littest. Dass du in deiner E-Mail schreibst, ich hätte den erfolglosen Schriftsteller lieber gehabt als den erfolgreichen, war äußerst kränkend. Ich wünschte dir den Erfolg, aber kaum war er da, hast du dich stark verändert. Es war, als ob du dich deines bisherigen »kleinen« Lebens – an der Seite der biederen Deutschlehrerin in der abgewohnten Dreizimmerwohnung im vierten Stock – schämen würdest. Du hast mich plötzlich mit Geringschätzung behandelt.

Es freut mich für dich, dass du im Elternhaus eine Heimat gefunden hast. Mir hat dieses große, alte Haus ja immer gut gefallen, das weißt du. Und zu deiner Frage: Ich bin nicht verheiratet.

In zwei Tagen fahre ich weg, wir haben Semesterferien, dort habe ich kein Internet zur Verfügung.

Mathilda

MATHILDA UND XAVER

Von Anfang an war Mathilda in der Schule glücklich.

Sie war eine motivierte und engagierte Lehrerin und ging gerne zur Arbeit, sie mochte ihre Schüler, fühlte sich nützlich. Es war seltsam, doch das Klassenzimmer empfand sie von Anfang an als eine Bühne, auf der sie sich wohlfühlte, dort war sie unaufgeregt und gelassen. Sie war *Jemand*, sie war eine Lehrerin, gab den Ton an, die Schüler mussten tun, was sie sagte. Und sie gehorchten ihr tatsächlich, mit Disziplin gab es nur in den ersten Wochen leichte Probleme, die sich aber sofort legten. Sie begegnete den Jugendlichen mit Wertschätzung und wahrte dabei die nötige Distanz; Stimmungen und Bedürfnisse der einzelnen Kinder spürte sie sofort, auch die der gesamten Klasse, und sie konnte sich gut und schnell darauf einstellen. Vor den Schülern stehend waren ihre Wahrnehmung und ihre Sinne geschärfter als in ihrem anderen Leben, in dem sie sich oft unsicher und unbehaglich fühlte. Sie hatte das Gefühl, als hätte sie in der Schule wesentlich mehr Augen und Sensoren, die ihr ansonsten fehlten, denn außerhalb der Schule nahm sie die Dinge manchmal verschwommen und breiartig wahr.

In den ersten Wochen erzählte sie nach dem Heimkommen, aufgeräumt und angespannt zugleich, wie ein Wasserfall von der Schule und Xaver hörte ihr mit einem leicht spöttischen Grinsen auf den Lippen zu. Wenn sie ihn darauf ansprach, leugnete er es, es sei kein Spott, sagte er, er würde lediglich interessiert zuhören.

Meist schlief Xaver noch, wenn sie am Morgen wegging, einmal jedoch stand er auf und kam in seinen Boxershorts aus dem Schlafzimmer gewankt, sie lebten erst seit kurzer Zeit zusammen. Er sah sie im Gang stehen und ihr Aussehen im Spiegel prüfen und mit offenem Mund starrte er sie an, bevor er im Badezimmer verschwand.

Xavers Tagebucheintrag am 12. Juni 1982:

»Mathilda ist durch und durch eine Lehrerin, so berauscht von dem enthusiastischen Drang, Jugendliche mit Bildung vollzustopfen. Am Morgen verlässt sie aufgedonnert die Wohnung, die pure Lebenstüchtigkeit ausstrahlend, in ein Kostüm gezwängt, die rot gefärbten Haare aufgesteckt, mit knallrotem Lippenstift, in billigen Parfumduft eingehüllt und vor allem so voller Energie und so stolz auf ihren Beruf!«

Ihr Beruf erfüllte Mathilda tatsächlich mit Stolz, er bedeutete für sie persönlich einen großen gesellschaftlichen Aufstieg, den sie von Kindesbeinen an angestrebt hatte. Sie stammte aus einer Familie von Arbeitern beziehungsweise Bauern, noch nie hatte ein Familienmitglied maturiert geschweige denn die Universität besucht, sie war die Erste und sie fühlte sich mit ihrer Bildung mächtig. Die Sechzig-Quadratmeter-Wohnung ihrer Kindheit in einem Sozialwohnblock in Linz strotzte vor Enge, Unwissenheit, Gewöhnlichkeit, Kleinkariertheit, Neid und Resignation. Dem wollte sie entfliehen und sie zählte die Tage, bis sie achtzehn wurde.

E-MAILS, DIE MATHILDA UND XAVER EINANDER SCHREIBEN, BEVOR SIE EINANDER WIEDERSEHEN

Gesendet: 18. Februar 2012
Von: Xaver Sand
An: M. K.

Liebe Mathilda,

ich hoffe, Du bist aus Deinem Urlaub gut zurückgekommen. Wo warst Du und mit wem?

Hast Du einen Freund, lebst Du mit jemandem zusammen? Erzähle mir doch ein bisschen von Deinem Leben, ich bin so neugierig!!!

Xaver

Gesendet: 20. Februar 2012
Von: M. K.
An: Xaver Sand

Lieber Xaver,

ich bin seit gestern Abend zurück. Meine Freundin Silvia und ich waren in New York.

Mathilda

Sieben Minuten später
Von: Xaver Sand
An: M. K.

Ich war noch niemals in New York, ich war noch niemals auf Hawaii!

Erinnerst Du Dich, Du hast Dir das Lied an die zehn Mal hintereinander anhören können, das hat mich oft verrückt gemacht, Du warst so ein großer Udo-Jürgens-Fan!!! Bist Du es noch?

Warst Du das erste Mal in N.Y., wie hat es Dir gefallen, erzähl doch mehr von Deinem Leben, bitte, ich bin so neugierig!

Xaver

Vier Minuten später
Von: M. K.
An: Xaver Sand

Xaver,

ich war zum zweiten Mal in N.Y., es hat mir zum zweiten Mal ausnehmend gut gefallen und ich bin immer noch ein Udo-Jürgens-Fan.

Mathilda

Eine Stunde später
Von: Xaver Sand
An: M. K.

Liebe Mathilda,

ausnehmend gut? Ausnehmend gut?? Mehr nicht???

Ich würde gerne lesen, dass Du in einer schicken N.Y. Bar so betrunken warst, dass Du sogar auf einem Tisch zu tanzen anfingst!

Xaver

Dreizehn Minuten später
Von: M. K.
An: Xaver Sand

Ich genieße mein Leben, muss das aber nicht ständig an die große Glocke hängen, so wie es andere Leute machen. Das konntest du ja nie leiden. Erinnerst du dich an den Ausdruck *Turbomenschen*? Der stammt von dir.

Über mein Leben schreibe ich dir am Wochenende, da habe ich Zeit dafür. Du wirst aber enttäuscht sein.

Mathilda

P.S.: Gibt es übrigens etwas Neues im Fall deines Sohnes? Sucht die Polizei noch oder ist alles abgeschlossen?

Gesendet: 21. Februar 2012
Von: Xaver Sand
An: M. K.

Liebe Mathilda,

Du fragst nach meinem kleinen Jakob.

Weißt Du, was für mich das Schlimmste an dem Ganzen war? Dass man nach einer Weile nicht wieder – zumindest ansatzweise – zur Tagesordnung übergehen kann beziehungsweise dass einem das übel genommen wird, wenn man die

Absicht hat, das zu tun! Ich meine, ist es nicht normal, dass man nach zwei Jahren nicht mehr täglich daran denkt und sich sein altes Leben zurückwünscht?

Ich hoffe, Du verstehst mich nicht falsch oder hältst mich für herzlos! Ich war damals schon so weit, dass ich nicht wegen der Ursache, sondern wegen der Folgen verzweifelt war, Denise konnte sich jahrelang nicht beruhigen, wollte nicht aufgeben oder sich auf die Polizei verlassen, sie beauftragte insgesamt sieben Detektive – stell Dir das vor, sieben Detektive! –, wurde tablettensüchtig und magerte total ab. An jedem einzelnen Tag war mein Alltag ein Chaos, ich konnte nicht schreiben und wenn ich Lesungen nicht absagte, war sie beleidigt und gekränkt.

Jetzt schreit ein Handwerker nach mir, bis später! Und nein, es gibt keine Neuigkeiten, immer noch keine Spur, allerdings wird auch nicht mehr intensiv gesucht.

Xaver

Gesendet: 22. Februar 2012
Von: M. K.
An: Xaver Sand

Xaver,

ich weiß nicht recht, was ich dir auf deine E-Mail antworten soll.

Vielleicht ist so etwas schlimmer für eine Mutter als für einen Vater? Vielleicht konnte sie ganz einfach nicht wieder zur Tagesordnung übergehen, weil sie ständig an ihn denken musste?

Mathilda

Liebe Mathilda,

warum soll Mutterliebe immer stärker sein als Vaterliebe???
Das ist doch ein längst überholtes Klischee! *outdated*

Ich wollte Denise helfen, ihn zu vergessen – oder wenigstens
nicht mehr ständig an ihn denken zu müssen –, indem ich sie
von einer Adoption eines Kindes aus der Dritten Welt zu überzeugen versuchte (sie war bereits zu alt für ein zweites Kind),
doch sie hasste mich deswegen und wir schrien uns nur noch
an, bis ich auszog.

Das Ganze war so furchtbar für mich! Man kann sich doch
nicht jahrelang damit fertigmachen, das Leben geht ja weiter,
es nützt niemandem etwas, wenn ich mich in meinem Elend
wälze, und genau das machte Denise. Ich war schon so weit,
dass ich Eltern beneidete, die ihr Kind bei einem Autounfall
verloren, denn trotz ihrer Trauer können sie innerlich damit
abschließen.

Xaver

Wie geht es deiner Exfrau jetzt? Konnte sie damit abschließen?

Ich habe ehrlich gesagt keine Ahnung, wie es ihr geht. Wir trennten uns bereits vor zehn Jahren und vor acht Jahren wurden wir geschieden, weil sie das unbedingt wollte, seither haben wir keinen Kontakt mehr, im Grunde gab Denise mir die Schuld und verzieh mir nie.

Sie gründete einen Verein mit anderen Betroffenen und war besessen von ihrer Arbeit, ist es wahrscheinlich immer noch. Damals rannte sie dünn wie ein Strich von einem Pressetermin zum anderen.

Xaver

P. S.: Welche Farbe würdest Du für das Badezimmer wählen? Ein kräftiges Rostrot oder ein zartes Gelb?

Du weißt, welche Farbe ich wählen würde.

Rostrot?

Immer, wenn ich vor dem Spiegel stehe, denke ich an Dich, wie Du auf der Toilette saßest, während ich meine Zähne putzte.

Eine Minute später
Von: M. K.
An: Xaver Sand

Natürlich rostrot!

Zwei Minuten später
Von: Xaver Sand
An: M. K.

Sag ich gleich dem Maler!

Gesendet: 24. Februar 2012
Von: M. K.
An: Xaver Sand

Warum gab Denise dir die Schuld? Das finde ich interessant.
Du warst ja gar nicht dabei, als er entführt wurde, zumindest
las ich das damals in der Zeitung.
    Mathilda

Zwei Stunden später
Von: Xaver Sand
An: M. K.

Liebe Mathilda,
    es fällt mir immer noch sehr, sehr schwer, über diese Zeit
und über dieses Thema zu schreiben.
    Ich war nicht direkt dabei, als Jakob entführt wurde, ich

saß in meinem Arbeitszimmer und arbeitete, und das Arbeitszimmer lag im hinteren Teil des Hauses, zur Einfahrt hin, es grenzte also nicht an den Garten, sondern lag in der entgegengesetzten Richtung, und war ungefähr zweihundert Meter von diesem Apfelbaum entfernt, unter dem Jakob in seinem Kinderwagen schlief.

Ich war also nicht dabei, doch war ich es, der unbedingt ein Au-pair haben wollte, damit Denise entlastet ist (und auch ich), denn sie war eher ein nervöser Typ und schnell überfordert. Sie wollte eigentlich kein Au-pair, sondern sich selbst um den Kleinen kümmern, schaffte es aber nicht einmal ansatzweise, auch weil sie viel unterwegs war, und deshalb musste ich mich jeden Tag viele Stunden um ihn kümmern und kam kaum zum Schreiben. Denise ließ sich dann von mir überreden, ein Au-pair zu nehmen, dieses Mädchen passte nicht genug auf und plötzlich lag Jakob nicht mehr in seinem Kinderwagen und war unauffindbar, bis heute. Du kannst Dir nicht vorstellen, wie schrecklich das ist.

Xaver

Sieben Stunden später
Von: M. K.
An: Xaver Sand

Ich kann es mir vorstellen!

War das Au-pair eine Schwedin? Hast du noch Kontakt mit ihr? Für sie muss es ja auch sehr schlimm gewesen sein, die ganze Sache.

Ja, Liv war Schwedin, sie stammte aus Linköping, das liegt zwei Stunden südlich von Stockholm, sie war blutjung, erst neunzehn, hatte das ganze Leben noch vor sich und den Kopf voller Pläne und Träume, sie wollte nach dem Jahr in Deutschland in Stockholm Sprachen studieren. Ich sehe sie heute noch vor mir, wie sie vor uns in der Küche stand, mit ihren langen blonden Haaren, den grünen Augen, den Sommersprossen, sie war ein lustiger Mensch, quasselte und lachte immerzu. Ihr Leben war dann eigentlich auch zerstört, die Polizei und die Journalisten machten sie ziemlich fertig, Denise sowieso, die schlug sogar einmal auf sie ein. Liv hatte in der Scheune ziemlich lange mit ihrem Freund in Schweden telefoniert und da passierte es, Jakob lag nicht mehr in seinem Kinderwagen unter dem Apfelbaum, wo er geschlafen hatte, der Kinderwagen war leer, seither wurde der Kleine nicht mehr gesehen. Das war am 27. Mai 1998.

Kontakt habe ich kaum mehr mit Liv, ab und zu schreiben wir uns eine E-Mail, ein bis zwei Mal im Jahr. Sie studierte dann doch nicht, arbeitet heute in Linköping irgendwo als Sekretärin, ist nicht verheiratet und hat keine Kinder, besonders gut scheint es ihr nicht zu gehen, sie schrieb mir einmal, dass sie immer noch jeden Tag daran denken muss.

Jetzt möchte ich aber unbedingt einen Themenwechsel! Du erzählst mir von Dir, einverstanden?

Xaver

MATHILDA ERZÄHLT XAVER EINE GESCHICHTE

Wenn ich ihn am späten Nachmittag in seiner Wohnung besuche, erwartet er mich bereits mit Ungeduld, schon an der Tür zerrt er an meinem Kleid, wir beginnen uns sofort zu lieben, er knetet meinen Rücken, saugt an meinen Brustwarzen, küsst mich gierig, und schließlich kommt er viel zu schnell, wie ein verwundetes Tier dabei röhrend. Dieses Geräusch ist es, das mich jedes Mal von Neuem erregt. Doch ich beherrsche mich und wir machen zuerst eine Stunde Gymnastik.

Wir lieben das, wir legen ein altes Aerobic-Video von Jane Fonda ein und turnen dazu. Dabei tragen wir nur Unterwäsche oder sind gänzlich nackt. Wir lachen uns kaputt angesichts der breit grinsenden Gestalten mit den gelglänzenden Körpern, den pastellfarbenen Badeanzügen samt Leggings und den Föhnfrisuren, die da vor uns auf und ab hüpfen. Das heißt, ich lache mich kaputt, er ist zu sehr bemüht, Bewegungen und Verrenkungen richtig auszuführen. Das tägliche Turnen tut uns gut und hält uns fit, wir brauchen es beide. Wenn das Video fertig ist, fallen wir übereinander her, verschwitzt und aufgeheizt. Wir lieben uns ein zweites Mal und dieses Mal kann er sich so lange beherrschen, bis wir gemeinsam einen Orgasmus haben. Später essen wir. Es ist wie immer ein perfekter Abend. In der Nacht warte ich, bis er eingeschlafen ist, und lasse die schwere Tür ins Schloss fallen.

Xaver: Wow, Mathilda! Das ist unglaublich! Was erzählst du mir da für eine Geschichte? Schreibst du sie für den Playboy?

Mathilda: Ich schreibe sie gar nicht, sie existiert nur in meinem Kopf.

Xaver: Und was sagt dir dein Kopf damit? Dass du vielleicht wieder einmal Sex haben solltest?

Mathilda: Mein Sex oder Nicht-Sex geht dich nichts an.

Xaver: Ich bin erregt. Vielleicht sollten wir doch –?

Mathilda (lacht): Hör schon auf!

Xaver: Früher hast du dir immer ganz andere Geschichten ausgedacht.

Mathilda: Welche?

Xaver: Brave, züchtige Familiendramen. Warum hast du dir nicht schon früher so erotische, hemmungslose Geschichten ausgedacht? Überhaupt – warum warst du früher nicht frecher und spontaner? Dann wäre ich vielleicht –

Mathilda: Was wärst du dann?

Xaver: Nicht gegangen. Und mir wäre alles danach, ich meine das Schreckliche, erspart geblieben.

Mathilda: Willst du damit sagen, ich bin an allem schuld? Weil ich nicht so war, wie du dir Frauen in deinen Träumen ausgemalt hast, hast du armer Mann gehen müssen? Zu einer reichen, nervösen Frau?

Xaver: Es tut mir leid. Es tut mir leid. *Es tut mir leid!*

Mathilda: Ich bin schuld daran, dass dir das passiert ist, was dir passiert ist?

Xaver: Ich habe mich nur unglücklich ausgedrückt!

Mathilda: Euer Kind wurde wegen eurer Bequemlichkeit entführt. Ihr wart zu faul, um auf den Kleinen selber aufzupassen. Ihr habt dafür ein fremdes, unreifes Mädchen gebraucht.

Xaver: Es hätte ja auch mir oder Denise passieren können.

Mathilda (leise): Mir wäre es nicht passiert.

Xaver: Natürlich, du bist ja perfekt! Du warst immer perfekt, perfekt, perfekt! Du hast nie Fehler gemacht, nicht wahr?

Mathilda: Es ist besser, du gehst jetzt. Gute Nacht. Wir sehen uns morgen in der Schule.

VERNEHMUNGSPROTOKOLL VON XAVER SAND
AM 9. MÄRZ 2012

Police detective

Kripobeamter Josef Zangerl: Können Sie sich ausweisen?

Xaver Sand: Ich habe meinen Führerschein dabei.

J. Z.: Gut. Geben Sie ihn mir. Xaver Sand, geboren am 1. März 1958. Wohnhaft? *resident*

X. S.: Seit einem Jahr in Schuroth 1, 4135 Hegnersdorf, Oberösterreich. Vorher habe ich in Berlin gelebt.

J. Z.: Beruf?

X. S.: Schriftsteller.

J. Z.: Und wie Sie mir vorher erklärt haben, sind Sie gekommen, um im Fall der Entführung von Jakob Sonnenfeld neu auszusagen? *testify*

X. S.: Ja.

J. Z.: Gut, es ist der 9. März 2012, dreiundzwanzig Uhr fünfzehn. Dann erzählen Sie bitte von Anfang an, was passiert ist. Seit wann sind Sie in Innsbruck?

X. S.: Ich kam am letzten Sonntag, am 4. März, um circa vier Uhr nachmittags an.

J. Z.: Wo genau?

X. S.: Bei Mathilda Kaminski am Bergiselweg 41. Wo ist sie?

J. Z.: Sie wird im Nebenzimmer vernommen. Sie kennen die Dame gut? *questioned*

X. S.: Ja, wir waren früher ein Paar, in Wien, sechzehn Jahre lang.

J. Z.: Wann war das?

X. S.: 1980 bis Mai 1996.

J. Z.: Was wollten Sie bei Frau Kaminski?

X. S.: Sie ist Deutschlehrerin hier in Innsbruck, bei den Ursulinen, und ich hielt diese Woche dort eine Schreibwerkstatt.

J. Z.: Frau Kaminski bat Sie also um diese Schreibwerkstatt?

X. S.: Nein, nicht direkt. Das ist kompliziert.

J. Z.: Mein IQ wird es aushalten. Erklären Sie es mir.

X. S.: Der Tiroler Landesschulrat organisierte für fünfzehn Höhere Schulen in Tirol Schreibwerkstätten, die jeweils von österreichischen Schriftstellern gehalten werden sollen. Es wurde gelost, welcher Schriftsteller an welche Schule kommt. Ich wurde also per Losverfahren der Schule zugeteilt, an der Mathilda, ich meine Frau Kaminski, unterrichtet. Im Jänner nahmen wir per E-Mail Kontakt auf und vereinbarten den Termin 5. bis 9. März. Ich freute mich sehr auf das Treffen.

J. Z.: Sie kamen also am Sonntag um circa sechzehn Uhr an. Was geschah dann?

X. S.: Nichts Besonderes, wir unterhielten uns gut, wir plauderten, tranken Kaffee, aßen Kuchen, gingen spazieren. Später aßen wir gemeinsam, Mathilda, Frau Kaminski, ist ja eine wunderbare Köchin, wir hörten Musik, tranken Wein und sprachen über die Schülerinnen, die sich für die Schreibwerkstatt angemeldet hatten. Gegen zehn Uhr fuhr ich ins Hotel.

J. Z.: Über was plauderten Sie mit Frau Kaminski?

X. S.: Über alles Mögliche, über alte Zeiten. Es war von Anfang an – eine gute Stimmung da. Nur am zweiten Abend stritten wir uns kurz, daraufhin bin ich früher ins Hotel gefahren.

J. Z.: Worüber stritten Sie?

X. S.: Das ist nicht wichtig. Es hat mit der Sache an sich nichts zu tun.

J. Z.: Das lassen Sie mich beurteilen.

X. S.: Ich zweifle weder an Ihrem IQ noch an Ihrem Beurteilungsvermögen.

J. Z.: Das freut mich.

X. S.: Ich warf in einer dummen Bemerkung Mathilda vor, dass ihre früheren – wie soll ich sagen? – Verhaltensmuster der Grund waren, weshalb ich sie wegen einer anderen Frau verließ. Und meine dumme Bemerkung ging leider noch weiter: Wenn sie eben früher etwas – na ja – nicht so brav und bieder gewesen wäre, hätte ich sie nicht verlassen, hätte kein Kind mit meiner jetzigen Exfrau bekommen und dieses Kind hätte dann auch nicht verschwinden können, weil es ja gar nicht existiert hätte. Auf alle Fälle sagte ich: *Dann wäre das Schreckliche gar nicht passiert*, und das regte Frau Kaminski auf.

J. Z.: Und wie würden Sie das heute beurteilen? Wäre Frau Kaminski in der Beziehung mit Ihnen anders gewesen, hätten Sie sie dann wirklich nicht verlassen?

X. S.: Eigentlich sollte ich nur meinem Therapeuten darauf eine Antwort geben und nicht Ihnen, da es ja nichts zur eigentlichen Sache tut. Aber ich werde Ihnen antworten, weil ich einfach will, dass die ganze Wahrheit ans Licht kommt. Aus heutiger Sicht, nach sechzehn Jahren, würde ich sagen: Sie war in Ordnung, so wie sie war! Ich war ein Idiot, dass ich das damals nicht so sah! Ich verliebte mich in Denise, Frau Sonnenfeld, und verließ deswegen Frau Kaminski. Ich muss zugeben, dass mich natürlich auch der Reichtum und die Bekanntheit von Frau Sonnenfeld anzogen. Damals hätte ich das nie eingestanden.

J. Z.: Mir geht das jetzt zu schnell.

X. S.: Ihr IQ hält das aus. Ich dachte damals, meiner Karriere könne es absolut nicht schaden, wenn ich mit einer Prominenten zusammen bin. Meine Karriere ging erst so richtig los, aber ich hatte Angst, dass sie gleich wieder vorbei sein würde und dass der Hype um die Trilogie nur ein Strohfeuer ist. Mit einer Prominenten an meiner Seite würde meine Bekanntheit nicht nur ein Strohfeuer sein, so tickte ich, aber irgendwie unbewusst, zugegeben vor mir selber hätte ich das nie. Zugeben konnte ich es in den letzten Wochen in meinen E-Mails nicht einmal gegenüber Mathilda. Mit ihrer Art hatte es gar nichts zu tun, das weiß ich heute. Nur damals redete ich mir ein, sie wäre mir zu brav, zu bieder, zu konventionell, zu fad – mein Gott, sie war es überhaupt nicht –, und deshalb hätte ich keine andere Wahl als mich für Denise zu entscheiden, ich brauchte das, um mich selbst innerlich rechtfertigen zu können. Dass ich mich für den Bekanntheitsgrad einer Sonnenfeld entschieden habe, das war die Wahrheit. Ich opferte Mathilda der Hoffnung auf eine lang andauernde Karriere, so würde ich das heute bezeichnen. Und jetzt zurück zu Ihrer Frage: Auch wenn Mathilda anders gewesen wäre, wäre ich gegangen! Das ist ja das Traurige! Dann hätte ich eben andere Gründe gefunden, um mein Weggehen zu rechtfertigen! Ich wollte einfach nicht auf die Publicity an der Seite von Frau Sonnenfeld verzichten.

J. Z.: Das Geburtsdatum Ihrer Exfrau? Wo lebt sie? Wann wurden Sie beide geschieden?

X. S.: 27. April 1956. Sie wohnt jetzt in München, Schönbergstraße 112. Geschieden sind wir seit Frühling 2004.

J. Z.: Gut. Die Kollegen in München haben gerade mit ihr Kontakt aufgenommen und ihr mitgeteilt, dass es Neuigkeiten im Fall ihres Sohnes gibt.

X. S.: Es kommt doch zu keinem Treffen, oder? Ich möchte nicht, dass Mathilda und sie – oder ich – ihr gegenüberstehen.

J. Z.: Das kann ich Ihnen nicht garantieren. Das entführte Kind, Jakob Sonnenfeld, entstammt also Ihrer Ehe mit Frau Sonnenfeld?

X. S.: Ich bin total fertig. Können wir eine Pause machen? Kann ich ein Glas Wasser haben?

MATHILDA

Die letzten vier Jahre im Gymnasium waren für Mathilda äußerst deprimierend, und in vielen Nächten weinte sie sich in den Schlaf. Kurz nachdem sie das Gymnasium begonnen hatte, verließ ihr Vater, der sie als Einziger bei ihrem Wunsch, eine höhere Schule besuchen zu dürfen, unterstützt hatte, die Familie. Ihre Mutter hätte es gerne gesehen, wenn sie arbeiten gegangen wäre und ihr Miete gezahlt hätte und ließ keine Gelegenheit aus, ihr zu zeigen, dass sie nichts von den »Hochstudierten« hielt. Also jobbte Mathilda als Babysitterin und Kellnerin, sooft es ihr die Schule erlaubte, um Kleidung und Schulsachen alleine finanzieren zu können. Von ihrer Mutter erhielt sie nach dem fünfzehnten Geburtstag keinen einzigen Schilling mehr.

Nach der Matura zog sie nach Wien, um zu studieren, und besuchte Mutter und Bruder nur zwei bis drei Mal im Jahr. Jedes Mal stellte die Mutter ihr mit verkniffenem Mund den Gugelhupf und die Tasse Kaffee vor die Nase und saß dann mit verschränkten Armen ihr seitlich gegenüber, auf den laufenden Fernsehapparat starrend, man hatte einander nichts zu sagen.

Ihr Bruder Stefan war bei ihrem Auszug fünfzehn. Kurz darauf begann er eine Tischlerlehre, und mit siebzehn zog er ebenfalls von zu Hause aus. Beide eher introvertiert, verstanden sie sich als Jugendliche nicht schlecht, als Kind war Mathilda sehr eifersüchtig auf ihn gewesen, da er der erklärte Liebling der Mutter gewesen war. Beide wollten sie der schäbigen, muffigen Wohnung entfliehen und in ihrem Leben alles ganz anders machen als die Eltern, was Mathilda allerdings Stefan nicht zutraute, er war ruhig, zu ruhig, außerdem sehr langsam, was Denken und Lernen betraf, gänzlich uninteressiert an irgendeinem Wissensgebiet. Sie dachte oft, er würde als behäbiger, dicker, fauler Mann vor dem Fernseher enden wie die Mutter und stellte sich das plastisch vor, Stefan mit einer Bierflasche in der Hand, rülpsend und furzend, eine ebenso ungepflegte Freundin an seiner Seite, die fortwährend mit ihm keifte, weil er arbeitslos war.

Mit Genugtuung hatte sie diese Bilder vor Augen, sie alleine würde es schaffen, Mamas Liebling nicht, sie würde es ihr zeigen, ihr, die sie als Jugendliche laufend beschimpft hatte, sie solle sich nichts einbilden auf das Gymnasium, sie würde trotzdem als Putzfrau oder Nutte enden, denn diejenigen, die hoch hinaus wollten, fielen ganz tief. Eines Tages würde sie – ganz gepflegte Dame – ihre Mutter in ihr großes, luxuriöses Haus einladen, sie würden gemeinsam zu Abend essen, ihr gebildeter, freundlicher Mann und ihre gut erzogenen, hübschen Kinder an ihrer Seite, das Hausmädchen still servierend, die Mutter ganz blass vor Neid.

Auf diesen einen Moment in der Zukunft war Mathilda in ihrer Jugend fixiert, auf ihn würde sie hinarbeiten.

E-MAILS, DIE MATHILDA UND XAVER EINANDER SCHREIBEN, BEVOR SIE EINANDER WIEDERSEHEN

Gesendet: 26. Februar 2012
Von: Xaver Sand
An: M. K.

Du bist dran!

Acht Stunden später
Von: M. K.
An: Xaver Sand

Lieber Xaver,

jeden Tag fahre ich mit meinem Golf zur Schule, wo ich Deutsch und ein paar wenige Stunden Englisch unterrichte. Seit dreißig Jahren bin ich Lehrerin und ich mag meine Arbeit immer noch. Selbst nach einer so langen Zeit kann ich mir keinen anderen Beruf vorstellen. Viele Bekannte wollen mir das oft nicht glauben, du vielleicht auch nicht, doch es ist die Wahrheit.

Die Routine empfinde ich nicht als lästig oder langweilig, sondern vielmehr als wohlig. Sie gewährt mir Freiheiten und verleiht mir Sicherheit. Ich betrete die Schule gern und fühle mich in den Klassen einfach nur gut. Und nicht nur das, ich brauche das Leben, das die Schule mit sich bringt, um mich herum. Ich klammere mich daran, an den Lärm der Jugendlichen in den Pausen, das Diskutieren über Literatur in den

Stunden, die Gespräche mit den Kollegen. Ich könnte nicht alleine in einem Büro vor mich hin arbeiten. Es gibt Tage und Wochen, vor allem im Winter, in denen ich mein Privatleben als dermaßen vereinsamend empfinde, ich will mich nicht auch noch in der Arbeit einsam fühlen. (Ich wette, du langweilst dich jetzt beim Lesen.)

Mein Tagesablauf ist an den Wochentagen immer derselbe: Bis um halb zwei unterrichte ich, zu Mittag esse ich in der Schulkantine oder richte mir zu Hause eine Kleinigkeit her, am Nachmittag arbeite ich im Garten oder gehe spazieren oder wandern, je nach Jahreszeit, und am Abend bereite ich meine Stunden vor und korrigiere Schularbeiten und Hausaufgaben. Eine Zeit lang gewöhnte ich es mir an, am Nachmittag ein bisschen zu schlafen, doch es tat mir nicht gut. Ich wachte nach fast zwei Stunden depressiv auf und konnte in der Nacht nicht schlafen, deshalb verzichtete ich bald wieder darauf.

Ich liebe meinen Alltag und kann ohne das Alltägliche nicht sein. Ich brauche diese feste Struktur des Tages, wie man Essen und Trinken braucht. Die vollkommene Akzeptanz des täglichen prosaischen Einerleis und seiner Verrichtung erlaubt mir in manchen Momenten, mich mit meinem Leben zu versöhnen. (Ist das nicht ein schöner, gelungener Satz?)

Meist geschieht das am Morgen, wenn ich meine sonnendurchflutete Küche, sie liegt nach Osten, betrete. Jeder Handgriff folgt einer jahrelang erprobten Reihenfolge, das Radio, Ö1, wird eingeschaltet, die Blumen auf den Fensterbrettern von rechts nach links gegossen, der Filterkaffee zubereitet, die Tasse aus dem Schrank, das Brot aus der Schublade, Butter und Marmelade aus dem Kühlschrank geholt und auf den Tisch gestellt. Dann sitze ich ungefähr eine halbe Stunde am Tisch, frühstücke, höre Musik und schaue in den Garten zu meinen Rosen hinaus. In jenen Momenten spüre ich das vertraute Alltägliche, wie es in mein Bewusstsein dringt und sich dort ausbreitet. Oft beobachte ich an den Schülerinnen, aber auch an Kollegen, wie sie sich gegen das Alltägliche wehren und auflehnen, wie sie es mit Festen, Partys, Zeremonien und gezwungenen Unternehmungen durchbrechen wollen, mit einer ständigen Ansammlung von vielen Menschen um sich herum, mit krampfhaften Aktivitäten, mit Facebook, Twitter, Rastlosigkeit, Geschrei und dem Wahn, überall dabei sein zu müssen – und kann nur darüber lächeln.

Jetzt, Xaver, wünsche ich dir eine gute Nacht, morgen schreibe ich weiter, falls du überhaupt mehr über mein langweiliges Leben lesen willst.

Mathilda

Acht Minuten später
Von: Xaver Sand
An: M. K.

Natürlich will ich weiterlesen …

… und vor allem will ich wissen, ob Du eine Beziehung hast – und jetzt wünsche ich Dir ebenso eine gute Nacht, obwohl ich am liebsten vorher ein Glas Rotwein mit Dir trinken würde!

Xaver

Gesendet: 27. Februar 2012
Von: M. K.
An: Xaver Sand

Guten Morgen, Xaver!

Einmal in der Woche treffe ich meine Freundin Silvia. Entweder kommt sie auf ein Gläschen vorbei oder wir gehen gemeinsam ins Theater, Kino, zu Lesungen oder am Wochenende eine Runde wandern. Im Sommer fahren wir jedes Jahr eine Woche weg, im letzten Jahr machten wir in Irland eine Rundreise, es regnete zu viel und wir tranken eindeutig zu viel. (Wir tanzten tatsächlich betrunken auf einem Tisch – no kidding!)

Einmal im Monat veranstalte ich bei mir zu Hause mit drei Arbeitskolleginnen eine Art Leserunde. Wir lesen und besprechen Bücher, die uns beeindruckten, manchmal schauen wir uns auch einen Film an oder kochen gemeinsam. Zu Weihnachten kommt jedes Jahr mein Bruder mit seiner Frau und den beiden Kindern Kevin und Desiree aus Holland zu mir.

Zu Stefan habe ich leider immer noch ein distanziertes Verhältnis, obwohl ich mich um ihn bemühe, öffnet er sich mir gegenüber nicht. Mit seiner Frau Nathalie verstehe ich mich prächtig, sie ist ein liebevoller und einfühlsamer Mensch. Jedes Mal wieder, wenn ich die beiden sehe, beneide ich Stefan um sein Glück, die richtige Partnerin gefunden zu haben.

Ab und zu kommt im Sommer Desiree zu mir, mein Patenkind lässt sich verwöhnen und eine Menge Geld zustecken und ich tue es gern. Ich spüre, dass sie damit rechnet, einmal von mir Starthilfe zu bekommen, sei es, um sich das erste Auto oder die erste Wohnung leisten zu können, und ich lasse sie in dem Glauben, es wird wahrscheinlich wirklich so sein.

Nach Hause fahre ich nicht mehr, seitdem meine Mutter gestorben ist. Nach Wien fahre ich ebenfalls nie, Karin kommt aber gelegentlich nach Innsbruck und besucht mich. In den ersten Jahren fragte sie mich jedes Mal mit leicht sensationsgierigem Blick nach dir, anfangs ob ich viel an dich dächte, später, ob du dich doch mal gemeldet hättest. Einmal verbat ich es ihr lautstark deinen Namen zu nennen, und sie verlor die Fassung. Danach kam sie seltener.

Alles in allem verläuft mein Leben in ruhigen Bahnen, es gab Zeiten, in denen ich es mir anders gewünscht hätte, seit ein paar Jahren habe ich damit meinen Frieden geschlossen, zumindest meistens.

Mathilda

P. S.: Und nein, ich habe keinen Ehemann, keine Kinder und zurzeit auch keinen Freund. Die letzte Beziehung ist zwei Jahre her.

Vier Minuten später
Von: Xaver Sand
An: M. K.

Wie hieß er? Was machte er? Wie lange wart ihr zusammen?

Gesendet: 28. Februar 2012
Von: M. K.
An: Xaver Sand

Du bist aber neugierig! Er hieß Martin, war Regisseur am Landestheater und wir waren fast zwei Jahre zusammen. Ich beendete die Beziehung, weil ich nicht genug für ihn empfand. Bei zwei anderen Beziehungen verlief es ähnlich, ich empfand nie genug.

Und du, hast du eine Freundin zurzeit?

Drei Stunden später
Von: Xaver Sand
An: M. K.

Liebe Mathilda,

nein, ich habe momentan keine Freundin, verspüre aber auch kein Bedürfnis danach, eine zu haben, es fehlt mir nichts und ich fühle mich auch nicht einsam, na ja, ich gebe zu, manchmal fühle ich mich durchaus einsam. Meine letzten Beziehungen in Berlin verliefen schräg und endeten alle in einem Desaster oder seltsam gleichgültig, ich denke an keine von ihnen gerne zurück, nicht einmal Namen fallen mir ein.

Xaver

Drei Minuten später
Von: M. K.
An: Xaver Sand

Lieber Xaver,

deine Freundin vor zwei Jahren nannte sich Cat, obwohl sie Corinna Soundso hieß, und sie war eine Tattookünstlerin.

Mathilda

Vier Minuten später
Von: Xaver Sand
An: M. K.

Danke, dass Du meiner Erinnerung auf die Sprünge hilfst ☺! Woher weißt Du das? Hast Du mich die letzten sechzehn Jahre durch einen Detektiv überwachen lassen?

Hey, du warst ein berühmter Jugendbuchautor, ab und zu fand und findet man Artikel über dich in Zeitschriften, ich habe sie alle gesammelt. Vor zwei Jahren las ich in der *Bunten* einen Artikel über dich, daneben war ein Bild von dir und deiner gegenwärtigen Freundin Cat abgebildet. Ihr beide kamt aus einem Berliner Nachtclub und wart stockbetrunken, habt randaliert und einen Fußgänger attackiert. Die Journalistin schrieb über dich, dass der einstmals berühmte Jugendbuchautor, dessen Sohn vor Jahren entführt wurde, schwer alkoholkrank ist und sich einem Entzug unterziehen will. Stimmt das?
Mathilda

Liebe Mathilda,
es stimmt, dass meine letzte Freundin Tattookünstlerin war und sich Cat nannte, aber das mit der schweren Alkoholkrankheit und dem Entzug stimmt nicht, das fällt vermutlich unter journalistische Freiheit. Ich habe jahrelang sicherlich zu viel getrunken, doch ein Suchtkranker war ich nie, und seit ich in Schuroth wohne, habe ich das Problem selbst in den Griff bekommen, ich trinke jetzt nur an manchen Abenden ein Bier oder ein Glas Wein.
Seit dem Tag, an dem Jakob entführt wurde, mache ich die Hölle durch. Dieser Tag zerstörte mein Leben, und es blieb

zerstört, alles zerbrach, meine Existenz ist seither ein Scherbenhaufen, nein, *ich* selbst bin an vielen Tagen ein Scherbenhaufen, ich fühle oft, dass ich mich fortwährend fragmentiere und in tausend Splitter zerbrösele. Ich wache schweißnass vor Angst in den Nächten auf und glaube, ihn schreien zu hören.

Mathilda, bald stehen wir uns gegenüber, ich kann Dir nicht beschreiben, wie sehr ich mich darauf freue, wie neugierig und aufgeregt ich bin! Die Aussicht, Dich in Kürze wiederzusehen, hat mich in den letzten Wochen aufrechterhalten. Mir wurde erst jetzt bewusst, dass ich, wenn ich meine Vergangenheit vor Augen habe, nur an unsere Beziehung gerne zurückdenke. Ich meine es ernst: Die Zeit mit Dir war am schönsten.

Xaver

P. S.: Wir sehen uns am Sonntagnachmittag, alles Liebe bis dahin!

MATHILDA

Mathildas Mutter Martha war 1926 geboren worden und mit fünf Geschwistern auf einem großen Bauernhof aufgewachsen, eine halbe Autostunde von Linz entfernt. Als Älteste musste sie schon als Kind viel mithelfen und nach der Schule arbeitete sie als landwirtschaftliche Helferin bei ihrem älteren Bruder, weil die Familie ohne ihre Arbeitskraft nicht auskam. Oft zwölf Stunden am Tag rackerte sie, meistens ohne irgendeinen Lohn dafür ausgezahlt zu bekommen und ohne versichert zu sein. Mit über dreißig heiratete sie Paul Kaminski, der aus Innsbruck kam und Hilfsarbeiter bei einer Baufirma war, und anfangs wohnten sie in einer Kammer auf dem Bauernhof, bis sie eine Wohnung in einem Sozialwohnbau in Linz erhielten. Von ihrer Familie schied sie im Streit, da der Bruder sich weigerte, ihr eine kleine Mitgift auszuzahlen.

Da die einzige Schwester Pauls, Maria, kinderlos blieb und sie sie außerdem nur selten besuchten, wuchsen Mathilda und ihr Bruder ohne jede Verwandtschaft auf. Ihre eigene Familie enthielt die Mutter ihnen eisern vor. Mit einer Menge unterschiedlichster Kinder spielten und stritten sie im Hof der Wohnanlage, und später schlossen sie sich in ihrem winzigen Zimmer ein, das sie notdürftig mit einem Vorhang abteilten. Sie versuchte zu lesen, während Stefan mit seinen Kopfhörern Musik hörte.

Die Mutter blieb zunächst bei den Kindern zu Hause und begann, als Stefan in den Kindergarten kam, in einem Baumarkt als Reinigungshilfe zu arbeiten. Eine andere Arbeit fand sie nicht, und sie war sehr unglücklich darüber, keinen Beruf erlernt zu haben. Damals fing ihre Verbitterung an und mit ihr machte sich das Glück, das ohnehin nur bescheiden gewesen war, gänzlich aus dem Staub.

Nie konnte es Mathildas Mutter verwinden, dass sie von ihrer Familie nichts geerbt hatte. Nicht einmal Bett- und Tischwäsche hatte sie mitnehmen dürfen, nicht einmal hundert Schilling hatte man ihr zur Hochzeit beigesteuert, obwohl sie der Familie zuliebe auf eine Ausbildung verzichtet und jahrelang gratis daheim geschuftet hatte, so lamentierte sie bei jeder Gelegenheit. Die Großbauerntochter, die holzvertäfelte Kammern und weite Wiesen gewohnt gewesen war, fand sich in der kleinen Mietwohnung im Sozialbau nicht zurecht, sie verstrickte sich in ihrem Neid und Hass und ließ sich gehen. Im Grunde wünschte sie sich das Dorfleben zurück, sie sah sich als Bäuerin auf einem eigenen Hof, als eine Herrin, die nach Belieben schalten und walten konnte. Verbittert, unglaublich fett und ungepflegt saß sie in ihrer Freizeit herum und starrte in den Fernseher. Obwohl die Mutter laut, dominant und raumgreifend war, gab es nie Fröhlichkeit oder gemeinsame Spiele oder Gelächter, am Wochenende wurde nichts gemeinsam unternommen. Mit Mathilda keifte sie jeden Tag mehrmals, sie war ihr regelrechter Blitzableiter, an ihr entlud sich ihre gesamte Frustration, sie bezeichnete sie als hässlich, dick, strohdumm, als eine, die es zu nichts bringen würde. Als Kind hatte Mathilda Angst vor der Mutter, später, da war sie ungefähr zwölf, begann sie sie zu hassen.

Manchmal riefen die Großmutter oder die Tante an und luden die Kinder ein, zu ihnen auf den Bauernhof zu kommen, doch die Mutter erlaubte es ihnen nie. Fortwährend schimpfte sie über ihre Familie, besonders über ihren Bruder, der damals den Hof übernommen hatte, und seine Frau, wie Verbrecher stellte sie sie dar, wie Monster erschienen sie Mathilda und Stefan, Mathilda hatte sogar Albträume von ihnen.

Als Mathilda sieben war, bekam Stefan schwere Asthmaanfälle und die Mutter musste mit ihm ins Krankenhaus, da der Vater arbeitete, brachte er sie kurzerhand auf den Bauernhof, wo sie drei Wochen bleiben durfte. Es war das Paradies für sie.

Zuerst war sie vollkommen verwirrt, warum nichts so war, wie die Mutter es dargestellt hatte, rein gar nichts, da gab es keine bösen, geizigen Leuteschinder, sondern nur ruhige, fleißige, freundliche Menschen, die das Leben positiv sahen und nicht ständig über alles jammerten.

Die Oma bürstete Mathilda jeden Morgen die Haare und flocht sie zu Zöpfen, das hätte die Mutter nie getan, sie ließ sie Teig kneten, erzählte Geschichten von früher, massierte ihr den Bauch, als sie Bauchweh hatte. Jemand berührte sie und sie fühlte sich gut. Ihre Tante nahm sie an der Hand und führte sie in den Stall, wo sie die Kälber streichelte, sie durfte das prall gefüllte Euter der Kühe angreifen und kuhwarme Milch trinken. Aber das Schönste war das Grün, die Stille, die Weite und der Duft der Wiesen, stundenlang streifte sie alleine herum. Einmal lag sie lange in einer Wiese, betrachtete die Blumen und Insekten um sich herum, sah abwechselnd in den blauen Himmel hinauf oder zum dunklen Wald hinüber und plötzlich empfand sie die Welt als dermaßen schön, dass ihr Tränen kamen.

Ihr Onkel und ihre Tante hatten drei Kinder, Matthias, Helmut und die kleine Anna, vier Jahre jünger als sie, gemeinsam teilten sie ein großes Zimmer und hatten jeden Abend bei Polsterschlachten eine Menge Spaß, auch untertags steckten sie stets zusammen. Die drei bemühten sich um Mathilda und bezogen sie in ihre Spiele und ihre Aufgaben auf dem Hof mit ein, sie wurde weder gehänselt noch ausgelacht, weil sie so wenig vom Landleben wusste; bevor sie in die Sonntagsmesse gingen, studierten sie mit ihr ein, was sie wann zu sagen oder zu tun hatte, damit sie sich nicht blamieren würde. Das erste Mal erfuhr sie, was ein richtiges Familienleben bedeutete. Sie war unglücklich, als sie zurück in die Stadt musste, in die enge Wohnung, die ihr jetzt noch viel enger vorkam, in den verdreckten Hof, in dem es kein Fleckchen Gras gab und an dem die Autos vorbeirasten.

Mit hellblauem Dirndl bekleidet und die dicken Zöpfe kunstvoll zu einer Kranzlfrisur um den Kopf geschlungen, betrat Mathilda zaghaft die Wohnung und sah, wie ihrer Mutter das Gesicht zusammenfiel. Sie rastete völlig aus und schrie sie an, ob sie denn glaube, jetzt eine große Bauerstochter zu sein, das sei sie nicht, sie sei ein Nichts, alle vier wären sie ein Nichts und Niemand. Sie öffnete ihr mit ruckartigen Bewegungen die Zöpfe und nahm die Nähschere in die Hand, lachend stand sie mit der Schere in der Hand da und schaute in das erschrockene Gesicht des Kindes. Als der Vater mit dem kleinen Koffer zur Tür hereinkam, legte sie die Schere auf den Tisch zurück und schickte Mathilda in ihr Zimmer, um sich umzuziehen.

Zwei Mal noch durfte sie später für ein paar Tage zu ihrer Oma fahren, weil sie nicht mehr aufhörte zu betteln, doch so wunderschön wie beim ersten Mal war es nicht mehr. Beim dritten Besuch war Stefan dabei, alles drehte sich um ihn und sie war furchtbar eifersüchtig.

MATHILDA UND XAVER SEHEN EINANDER NACH SECHZEHN JAHREN WIEDER

Xaver: Darf ich dich zum Mittagessen einladen? Als Entschuldigung für meine unüberlegte, dumme, präpotente Aussage *statement* gestern Abend? Als Entschuldigung für mein feiges, unverzeihliches Hinausschleichen vor sechzehn Jahren?

Mathilda (lacht): Du darfst.

Xaver: Kennst du ein Restaurant hier in der Nähe?

Mathilda: In der Querstraße ist ein nettes Café, da kann man gut zu Mittag essen.

Xaver: Gehen wir?

—

Xaver: Weißt du, was diese eine Schülerin mich gefragt hat, diese pfiffige Schwarzhaarige aus der Fünften, die ein bisschen zu klein geraten ist?

Mathilda: Valentina?

Xaver: Ja. Ob wir verwandt sind.

Mathilda: Das hat sie gefragt?

Xaver: Ja, und daraufhin frage ich sie, warum sie der Meinung sei, wir wären Verwandte.

Mathilda: Was hat sie geantwortet?

Xaver: Sie hat gesagt: Herr Sand, Sie reden genauso gern wie Frau Kaminski, meine Deutschlehrerin, und genauso gepflegt.

Mathilda: Gepflegt? Hat sie wirklich gepflegt gesagt?

Xaver: Ja. Und das heißt wahrscheinlich übersetzt: Ihr alten Stinker hört euch gerne reden und redet außerdem geschwollen.

Mathilda: Wir reden also ähnlich. Sechzehn gemeinsame Jahre prägen.

Xaver: Mein Gott, was haben wir am Anfang viel gequasselt, weißt du noch? Paul, Georg, Karin, du und ich, wir sind ja ständig beieinander gesteckt und haben ständig geredet, geredet, geredet. Als ob es ein Wettbewerb gewesen wäre: Wer hat am öftesten den Mund offen? Es war nicht wichtig, wer die reflektierteste Meldung macht, sondern wer überhaupt am schnellsten eine Meldung macht, egal worüber. So quasi nach dem Motto: Wer schreit am schnellsten? Die ersten Jahre waren mit Sicherheit die lautesten.

Mathilda: Für mich waren die Jahre in der Kreindlgasse am schönsten.

Xaver: Weil dir das Unterrichten gut getan hat. Du hast mir ständig unter die Nase gerieben, dass du schon arbeitest und ich im Studium nicht weiterkomme. Dein Selbstvertrauen ist als Lehrerin um einen Meter gewachsen.

Mathilda: Deine Mutter hat es dir ständig unter die Nase gerieben, nicht ich.

Xaver: Da hast du recht.

Mathilda: Mir war dein Studium völlig egal. Ich war so stolz, dass ich mit einem Schriftsteller zusammen war.

Xaver: Du hast vor deinen Freundinnen damit angegeben.

Mathilda: Und dich hat's gefreut.

Xaver: Natürlich.

Mathilda: In der Kreindlgasse hast du so fleißig geschrieben, jeden Tag. Ich habe dich wegen deiner Selbstdisziplin bewundert und so mitgefiebert mit dir, dass du es schaffst.

Xaver: Wenn man unsere Beziehung rückblickend in vier Phasen zu je vier Jahren einteilt, kann man sagen, dass in der dritten Phase unsere Probleme angefangen haben.

Mathilda: Da warst du auch nicht mehr so fleißig.

Xaver: Und meine Mutter hat auch kein Geld mehr überwiesen.

Mathilda: Und meine Mutter hat sich gefreut über unsere Misere. Das war das Schlimmste für mich.

Xaver: Was? Das hast du nie erzählt. Je länger wir zusammen waren, umso weniger hast du von dir erzählt.

Mathilda: Warum hätte ich das erzählen sollen? Du hast meine Mutter sowieso nie ausstehen können.

Xaver: Du hast deine Mutter ja auch nicht ausstehen können.

Mathilda: Das stimmt.

Xaver: Erzähl es mir. Warum hat sich deine Mutter gefreut?

Mathilda: Sie war schadenfroh, das war alles. Sie hat sich gefreut darüber, dass es uns finanziell nicht gut gegangen ist, dass du mit deinen Büchern keinen Erfolg gehabt hast und dass wir viel gestritten haben.

Xaver: Woher hat sie es gewusst? Du hast ja kaum mit ihr geredet.

Mathilda: Sie hat meinen Bruder ausgequetscht und der wusste ja Bescheid. Auf alle Fälle habe ich sie zu Weihnachten besucht –

Xaver (lacht): Vor deinen Pflichtbesuchen zu Weihnachten und zu ihrem Geburtstag warst du immer total grantig.

Mathilda: Sie sagt dann grinsend zu mir, während wir neben dem Christbaum sitzen, Stefan und Nathalie waren auch dabei: Na, wie geht's deinem Versager, bringt er kein Geld heim? Musst alles du zahlen? Ich habe es dir ja gesagt, dass ein Schreiberling nichts taugt, sogar ein Maurer verdient besser. Oder so ungefähr.

Xaver: Oh mein Gott. Hat sie dir das gesagt, dass ein Schreiberling nichts taugt? Das hast du ja auch nie erzählt.

Mathilda: Ich habe ihr nach zwei Jahren gesagt, dass ich einen Freund habe, weil wir ja gemeinsam die Wohnung gesucht haben und sie hat sofort nach deinem Beruf gefragt, nicht nach deinem Namen oder woher du kommst, nein, nach deinem Beruf. Der Beruf eines Menschen war ihr immer ganz wichtig, der Charakter hat nicht gezählt. Ich habe ihr also gesagt, dass du Schriftsteller bist und sie hat es zuerst gar nicht verstanden. Ich habe ihr erklärt, dass du Bücher schreibst, und sie hat angefangen zu lachen. Sie hat so laut gelacht und sich nicht mehr beruhigt. Sie hat gefragt: Was Gescheiteres hast nicht gefunden? Für uns Studenten war es etwas Besonderes, wenn jemand Künstler war, für meine Mutter war es nur ein Witz.

Xaver: Wie schwer war deine Mutter zum Schluss?

Mathilda: An die zweihundert Kilo, glaube ich.

Xaver: Meine erste Begegnung mit ihr war total lustig.

Mathilda: Lustig? Sie hat dich von oben bis unten angestarrt und den ganzen Tag kein einziges Wort mit dir geredet.

Xaver: Aber sie hat mich angeschnarcht.

Mathilda: Was?

Xaver: Du hast mich zum ersten Mal mitgenommen, da haben wir schon drei Jahre zusammengewohnt. Ich musste richtig betteln, dass du mich bei einem deiner Pflichtbesuche mitnimmst. Du hast dich so dagegen gewehrt, dass ich deine Familie kennenlerne.

Mathilda: Weil ich mich geschämt habe. Das wollte ich dir aber auch nicht sagen, dass ich mich schäme.

Xaver: Das hast du nicht sagen müssen, das war eindeutig zu sehen. Ich fahre also zu ihrer Geburtstagsfeier mit. Wann war das?

Mathilda: Am 5. April 85.

Xaver: Wir trinken in der kleinen Küche Kaffee und essen Kuchen und reden krampfhaft übers Wetter. Plötzlich steht ihr drei, dein Bruder, seine damalige Freundin und du, auf und macht euch fertig zu einem Spaziergang in die Altstadt. Ich sage, dass ich noch einen Kaffee trinken will und gleich nachkomme. Ich sitze deiner Mutter gegenüber und trinke meinen zweiten Kaffee. Sie schlingt ihren Kuchen hinunter, wischt sich den Mund mit der Hand ab, faltet die Hände über ihren fetten Bauch und schläft ein. Sie ist am Tisch eingeschlafen!

Mathilda: Ja, das ist sie öfter.

Xaver: Aber so plötzlich! In einem Moment fixiert sie mich noch mit ihren Schweinsäuglein und im nächsten Moment schläft sie tief und fest. Ich denke mir noch, dass sie einfach so die Augen geschlossen hat, aber auf einmal fängt sie zu schnarchen an! Sie sitzt vor mir und schnarcht, was das Zeug hält. Es ist ein unglaubliches Geräusch, laut, rasselnd und fast unmenschlich. Ich will mich auf den Weg machen und stelle fest, dass ich in eurer kleinen Küche in der Falle sitze.

Mathilda: Bist du im Eck gesessen?

Xaver: Ja, deine Mutter sitzt auf dem Stuhl vor der Tür und ich hinten in der Eckbank. Die Tür zum Gang hin ist zwar offen, aber mit ihrer monströsen Leibesfülle füllt sie den Türrahmen komplett aus. Komplett! Da gibt es rechts und links keine zehn Zentimeter Luft, durch die ich mich ins Freie zwängen kann. Die Tür ist verbarrikadiert und die Fettwulste der Barrikade zittern bei jedem Schnarcher.

Mathilda (lacht): Was hast du gemacht?

Xaver: Ich krieche also unter den Tisch und begutachte die Lage, das heißt den Stuhl. Ich frage mich, ob ich darunter durchrobben kann, ohne dass es deine Mutter merkt und aufwacht.

Mathilda: Du bist wirklich unter dem Stuhl durchgekrochen?

Xaver: Ja, und ich habe Todesängste dabei ausgestanden, das kannst du mir glauben. Wenn der Stuhl zusammengebrochen wäre, wäre ich darunter erstickt. Draußen hast du mich gefragt, wo ich denn so lange geblieben und warum ich so schmutzig bin. Ich habe dir nicht gesagt, dass ich gerade den Boden in der Küche gewischt habe. Eigentlich war deine Mutter kurios.

Mathilda: Nicht kurios, schrecklich. Alles zu Hause war schrecklich für mich. Ich habe dich oft um deine Mutter und überhaupt um deine Kindheit auf dem Land beneidet. Wie ist sie eigentlich gestorben?

Xaver: Im Krankenhaus, an Lungenentzündung. Ich bin mit dem Auto von Berlin nach Wels gefahren, bin aber um eine Stunde zu spät gekommen.

Mathilda: Ich finde das tragisch. Sie hat so darum gekämpft, das Haus und diese große Familie irgendwie am Leben zu erhalten und was bleibt von ihrem Kampf übrig? Ein einsamer Tod im Krankenhaus.

Xaver: Ich bin noch übrig.

Mathilda: Du wirst aber keine Kinder mehr bekommen, die das Haus nach dir weiterführen. Oder?

MATHILDA

Die Verwandten schrieben ihr regelmäßig Briefe zu Weihnachten und zu ihrem Geburtstag, ab und zu antwortete sie. Zu ihrer Erstkommunion tauchten überraschend und uneingeladen Oma, Onkel und Tante auf, und obwohl sie das Essen im Gasthaus bezahlten, sprach die Mutter kein einziges Wort mit ihnen. Mathilda litt den ganzen Tag unter Schweißausbrüchen, *Sweats* weil sie glaubte, ihre Verwandten aus Dankbarkeit krampfhaft unterhalten zu müssen und ihr nach ein paar Minuten bereits der Gesprächsstoff ausging; ihr schweigsamer Vater und ihr Bruder waren ihr keine Hilfe. Zu ihrer Firmung und zur Matura bekam sie von der Tante einen Brief samt Geld geschickt, danach hörte sie jahrelang nichts mehr von ihnen.

Am wohlsten fühlte sich Mathilda, wenn sie lesen konnte, oft lag sie stundenlang in ihrem Bett und verschlang Bücher. Sie holte sich den Lesestoff aus der Stadtbücherei, und manchmal ging ihr Vater mit ihr in eine Buchhandlung und kaufte ihr ein Buch.

Mit fünfzehn hatte sie zwanzig Bücher über ihrem Bett auf dem Regal stehen, darunter Dumas' *Der Graf von Monte Christo*, das letzte Buch, das ihr der Vater geschenkt hatte, bevor er ausgezogen war. Eines Tages, sie besuchte seit einem halben Jahr das Oberstufenrealgymnasium, was sie mithilfe ihres Vaters durchgesetzt hatte, verließ dieser die Familie wegen einer anderen Frau. Die Mutter war außer sich und brach zusammen, wenn sie ihn auch nicht mehr liebte, so sollte ihn doch auch keine andere Frau haben. Ab diesem Zeitpunkt ließ sie sich völlig gehen, sie wurde verbittert, und Mathilda gegenüber wurde sie noch gehässiger und bösartiger.

Wenn sie von der Schule nach Hause kam, musste sie stets auf alles gefasst sein, und das Erste, was tatsächlich geschah, war, dass alle ihre Bücher verschwunden waren, kein einziges befand sich mehr im Regal. Die Knie wurden ihr weich und sie musste sich aufs Bett setzen, sonst wäre sie umgekippt, ihr Atem ging flach und schnell und sie versuchte sich zu beruhigen. Das erste Mal griff sie ihre Mutter lautstark an, diese stritt alles ab, Mathilda hätte sie vermutlich verliehen und das vergessen, oder Stefan hätte sie genommen, erwiderte sie grinsend. Ein paar Tage später fand Mathilda im Holzofen, der im Wohnzimmer stand, kleine Fetzen von Buchseiten und eine Menge Asche, sie lag auf dem Bett und glaubte ersticken zu müssen vor lauter Hass, gleichzeitig wusste sie, sie konnte gar nichts tun, sie war nicht volljährig und ihr ausgeliefert. Da begann sie die Tage zu zählen bis zu ihrem achtzehnten Geburtstag. Bücher kaufte sie keine mehr, sondern lieh sie alle in der Stadtbücherei aus und versteckte sie jede Nacht an einem anderen Ort.

Der Vater war ein ruhiger, introvertierter Mensch, im Grunde wusste Mathilda nie, was er dachte, fühlte oder was er vom Leben eigentlich erwartete, er war bescheiden und stellte keine Ansprüche, brauchte keinen Platz. Oft war es, als wäre er gar nicht anwesend, obwohl er in der Küche am Tisch saß und sich Speck in dünnen Scheiben abschnitt oder vom Rand des Sofas aus die Nachrichten im Fernsehen verfolgte. Es war ihm genug, eine Frau und zwei Kinder zu haben und in einer kleinen Wohnung zu leben, er wollte nicht mehr, ihm fehlte jeder Ehrgeiz und vermutlich auch die Intelligenz. Nie sah ihn Mathilda eine Zeitung lesen oder ein Wort schreiben, und allmählich verdichtete sich ihr Verdacht, dass ihr Vater

Analphabet war. Als Bauarbeiter war er zufrieden, doch selbst wollte er für seine Familie kein Haus bauen, er scheute die jahrzehntelange Abhängigkeit von einer Bank. Vielleicht hatte er aber nur Angst vor dem umfangreichen Kreditvertrag, den er dann hätte lesen müssen vor einem jungen Bankangestellten, der seiner Meinung nach wie alle anderen Anzugträger nur ein Schnösel war. Wenn die Mutter eine liebevolle, sanfte Frau gewesen wäre und den Haushalt ordentlicher geführt hätte, wäre er der glücklichste Mensch der Welt gewesen.

Als ihn die Baufirma kündigte, bei der er an die zwanzig Jahre lang gearbeitet hatte, verlor er mit der Arbeitsstelle auch seine Arbeitsmoral. Er konnte in keiner Firma mehr für längere Zeit Fuß fassen, war oft arbeitslos und trank viel. Entweder schwiegen sich die Eltern an oder die Mutter schrie auf den Vater ein, der dann einfach die Wohnung verließ. Sie machten sich gegenseitig verantwortlich für ihr missglücktes Leben, jeder auf seine Weise, sie lautstark, er im inneren Exil, mit vorwurfsvollem Blick.

Und eines Tages lernte Mathildas stiller Vater die sanfte Eva kennen und verließ die Familie schon ein paar Wochen darauf. Mathilda konnte es ihm nicht einmal verdenken, denn die Mutter war in ihren Augen eine furchtbare Person, und unter keinen Umständen wollte sie auch nur annähernd so werden wie sie. In ihren Augen war die Mutter die einzig Schuldige, dass der Vater die Familie verlassen hatte, sie gönnte ihm sogar, dass er neues Glück gefunden hatte, und empfand Schadenfreude gegenüber der Mutter.

Ein halbes Jahr später, Mathilda ging den Weg von der Schule nach Hause, sah sie ihren Vater an einer Straßenecke stehen, mit der Zeitschrift *Der Wachtturm* in der Hand. Sie war entsetzt und sprach ihn an. Das Ganze war ihm offensichtlich peinlich, doch gab er ohne Umschweife zu: Eva war eine

Zeugin Jehovas, und ihr zuliebe war er der Sekte beigetreten. Mathilda konnte es kaum fassen, seine Weichheit und Nachgiebigkeit hatten ihn in die Arme einer Sekte getrieben. Sie lief weinend nach Hause.

Ihr Vater wanderte mit Eva nach Norddeutschland aus und fing ein neues Leben an. Mathilda und Stefan wussten nicht, in welcher Stadt er nun in den Straßen stand, mit dem *Wachtturm* in der Hand. Zu Weihnachten erhielten sie immer eine Karte, aber sie konnten erkennen, dass Eva sie geschrieben haben musste und nur die Unterschrift von ihm stammte.

Für ihre Diplomprüfung las Mathilda unter anderem über das Leben und die Werke Theodor Storms, dessen *Schimmelreiter* und *Aquis submersus* sie so liebte, dabei stellte sie sich vor, dass ihr Vater in Husum, der Geburtsstadt Storms, an einer Kreuzung stand und den Weltuntergang predigte. Und einmal sah sie in einem Albtraum ihren Vater auf einem Deich stehen, es war dunkelste Nacht, das Meer toste und brauste, der Schimmelreiter galoppierte an ihm vorbei, streifte ihn, ihr Vater taumelte und fiel in die Wellen.

XAVER ERZÄHLT MATHILDA EINE GESCHICHTE

Im Frühling 1908 wanderte der zwanzigjährige Richard Sand
mit drei weiteren jungen Männern aus dem Dorf nach Amerika aus. Sie folgten vielen anderen jungen Leuten und ganzen
Familien, die in den Jahren zuvor bereits ausgewandert waren
und den Zurückgebliebenen schwärmerische Briefe geschrieben hatten, in denen sie die Vereinigten Staaten wie eine Art
Schlaraffenland schilderten. Die meisten aus dem Dorf wanderten in die Stadt Milwaukee im Bundesstaat Wisconsin aus,
es war eine Tradition, die der erste Auswanderer begründet
hatte, der sein Ziel nach der klimatischen Ähnlichkeit mit der
einstigen Heimat gewählt hatte, und die nun der Einfachheit
halber fortgesetzt wurde, dort lebten bereits viele Mühlviertler,
die den Ankommenden einiges erleichterten. Es gab in dieser
Stadt und in der Umgebung Arbeit, jede Menge, man wurde
dafür gerecht entlohnt, es gab genug Grund und Boden, den
man billig kaufen konnte, man hatte Spaß in der Freizeit, genauer gesagt im Klub Eichenlaub!
Kurz vor seiner Abreise ließ sich Richard Sand von einem
Schneider im Nachbardorf einen Anzug nähen, um damit die
große Reise antreten zu können. Als er auf dem Nachhauseweg
vom Schneider an einem kleinen Hof am Waldesrand vorbei-
kam, hörte er erstickte Schreie und ein Keuchen. Er ging in
den finsteren Stall hinein und konnte schließlich, nachdem
sich seine Augen an das Dunkel gewöhnt hatten, einen Mann
von einem sehr jungen Mädchen wegreißen, seine Hose hing
ihm bei den Knien, als Richard ihn ins Freie zerrte und ver-

prügelte. Er überhäufte ihn mit Drohungen und verjagte ihn. Das Mädchen hockte mit ihrem zerrissenen Kittel im Stall und konnte nicht aufhören zu schluchzen und zu zittern, sie war völlig außer sich vor Entsetzen. Richard hob sie hoch, trug sie aus dem Stall, setzte sie in das von der Abendsonne warme Gras und hängte ihr seine Jacke um. Anschließend erzählte er ihr mit ruhiger Stimme die Geschichte von seiner Schäferhündin Senta, die vor ein paar Wochen im Hühnergehege geworfen hatte, sodass Welpen und Küken nebeneinander an ihrem Bauch schliefen, wenn sie auf der Seite lag. Nach einer Weile beruhigte sich das Mädchen und nannte ihm stockend und leise seinen Namen: Es hieß Anna und war vierzehn Jahre alt. Im Stall hätte es die sechs Kühe melken sollen, der Rest der Familie war bei der Heumahd, der Mann, der sie beim Einstreuen des Futters ganz plötzlich überraschte, war ein verheirateter Bauer aus der Nachbarschaft, der sie bereits seit einiger Zeit mit begierigen Blicken verfolgt hatte. Richard ging mit Anna in den Stall und half ihr beim Füttern, Melken und Ausmisten, nach Hause kam er beinahe zwei Stunden zu spät. Zwei Tage später kam er wieder und brachte ihr einen Welpen aus dem Wurf seiner Schäferhündin mit, den er ihr schenkte. »Er wird auf dich aufpassen«, sagte er. Die Eltern luden ihn zum Essen ein und so saß er in der Stube und erzählte, dass er und drei andere junge Männer in zwei Wochen in Hamburg das Schiff nach New York besteigen würden. Viele Fragen wurden ihm gestellt, warum er sich dazu entschlossen hätte auszuwandern und was er sich dort erwartete, Anna stellte ihm nur eine Frage: Wie sein Name dort ausgesprochen werde. Beim Abschied fragte er sie, wie denn der Hund heißen solle, sie antwortete: »Richie!«, und er musste unwillkürlich lachen.

Am Tag seiner Abreise wurde Richard genau zwanzig Jahre alt. Unzählige Menschen, fast das gesamte Dorf, standen bei den vier jungen Männern, um sie zu verabschieden, um ihnen mit geweihtem Wasser ein Kreuz auf die Stirn zu machen und ihnen Gottes Segen zu wünschen. Die Familien der vier weinten, als sie sich zu Fuß auf den Weg machten, um die Bahn in Wegscheid, die sie nach Passau und dann weiter nach Hamburg bringen sollte, zu erreichen. Sie ließen den Marktplatz hinter sich und gingen querfeldein über Wiesen und Felder, mit ihren kleinen Koffern in der Hand. Als Richard ein Bellen hörte und er sich zur Seite wandte, sah er die barfüßige Anna durch das hohe Gras auf ihn zulaufen, hinter ihr der Welpe. Mit hochrotem, erhitztem Gesicht kam sie bei ihm an, drückte ihm ein kleines Muttergottesbild in die Hand und sagte: »Sie soll dich beschützen«, mehr nicht, drehte sich um und lief durch das hohe Gras davon, der Welpe hinter ihr her. Er sah ihr nach und sollte wochenlang das Bild nicht mehr aus dem Kopf bekommen.

In Milwaukee angekommen, fand er sofort Arbeit als Hausmeister in einem Waisenhaus, auch eine Unterkunft wurde ihm zur Verfügung gestellt. Von Anfang an verspürte Richard in dieser Stadt eine Art Leichtigkeit und Glück, die er in der Heimat nicht gekannt hatte. Seine Freizeit verbrachte er mit anderen ausgewanderten Mühlviertlern, er lernte im Lake Michigan schwimmen und feierte ausgiebig jeden Feiertag und jedes Wochenende.

Ein Jahr später fand er Arbeit in einer großen Schusterei, er konnte nun endlich seinen erlernten Beruf ausüben und genug verdienen, um sich eine Existenz aufzubauen: Er zog in seine eigene Wohnung. Die Nonnen und Kinder im Waisenhaus verließ er schweren Herzens, er hatte sie alle lieb gewonnen und besuchte sie noch lange Zeit.

MATHILDA UND XAVER

Im ersten Sommer machte Xaver ein Praktikum in einem deutschen Verlag und Mathilda arbeitete als Kellnerin in Wien. Sie hielt die Trennung kaum aus und vermisste ihn wahnsinnig, in ihrer Freizeit hing sie schwermütig in der Wohnung herum, anstatt schwimmen zu gehen oder sich mit Freundinnen zu treffen. Ständig dachte sie nur an ihn, was er wohl machte, wen er traf, wen er anlächelte, ob er sie vermisste. Karin nannte sie besessen.

Schließlich bat sie ihren Arbeitgeber um zwei freie Tage hintereinander und setzte sich in den Zug, ohne Xaver Bescheid zu geben, denn sie wollte ihn überraschen. Direkt vom Bahnhof marschierte sie zum Verlag und wartete vor der Eingangstür auf ihn. Als er herauskam und sie sah, war seine Freude sichtlich groß, er eilte auf sie zu und umarmte sie lange und fest, sie war so gerührt, dass sie ihre Tränen nicht zurückhalten konnte, die er schließlich wegküsste. So überschwänglich hatte Mathilda ihn noch nie erlebt, wenn sie zu zweit waren. Die zwei gemeinsamen Tage genoss sie in vollen Zügen, sie vergingen wie im Flug. Sie mochte es, mit Xaver alleine zu sein, er verhielt sich, wenn keine Bekannten dabei waren, im Allgemeinen ruhiger, er spielte nicht den lässigen Intellektuellen und war ihr gegenüber aufmerksamer.

Erst im Frühling darauf, als sie bereits ein Jahr lang ein Paar waren, machten sie beide eine Reise nach Meran, wo sie ein Zimmer in einer billigen Pension gebucht hatten. Sie schliefen lange, frühstückten ausgiebig, wanderten in der Stadt oder außerhalb herum, sonnten sich in der Frühlingssonne, die bereits viel stärker schien als in Wien, und aßen spät am Abend ausgiebig in einer Trattoria.

Am letzten Abend bummelten sie durch die Stadt und schlossen sich dann mehreren Leuten an, die in den Kursaal strömten. Auf einem Schild lasen sie die Vorankündigung, ein lokales Orchester würde Werke von Vivaldi, Schostakowitsch und anderen spielen, sie kauften sich Karten und setzten sich in eine der hintersten Reihen.

Die gewaltige Musik berührte Mathilda von Anfang an und riss sie in einem Strudel überbordender Gefühle mit, ihr Herz quoll über vor Sentimentalität. Sie dachte an ihre vom Leben enttäuschte Mutter, die in ihrer Freizeit nur eines schaffte: in der engen, muffigen Wohnung vor dem Fernseher zu sitzen und Essen in sich hineinzustopfen; an ihren Vater im nördlichen Deutschland, der mit dem *Wachtturm* in der Hand, in dem er nicht einmal lesen konnte, an der Straße stand, nur damit er irgendwo dazugehörte. Es war das erste Mal, dass sie tiefes Mitleid mit ihren Eltern empfinden konnte und sich mit ihnen ausgesöhnt fühlte, doch auf einmal blitzte ein Bild des ungeliebten und verschüchterten Mädchens, das sie gewesen war, hervor, und ohne dass sie es aufhalten konnte, zogen weitere Bilder aus ihrer Kindheit vorbei: Ihre Mutter, die sie mit dem Teppichklopfer schlug, weil sie wieder einmal ins Bett genässt hatte, die ewig langen Sonntage, die sie mit ihrem Bruder im verdreckten Hof herumhing, während sie ihre Mutter aus dem geöffneten Fenster mit dem Vater herumschreien hörten, die vielen quälenden Stunden, die sie auf ihrem Bett lag, auf die niedrige Decke starrte und in denen sie die Minuten bis zum Abend zählte, wenn sie endlich schlafen gehen konnte und wenn wieder ein Tag zu Ende gegangen war, ein Tag, der sie dem Erwachsensein näher brachte.

Aus dem Mitleid wurde Selbstmitleid – am liebsten hätte sie dieses kleine Mädchen in die Arme genommen und getröstet, es war noch so fest in ihr verwurzelt –, bis die Musik etwas anderes in ihr zu bewirken begann. Sie war so mächtig, drang in sie ein, nahm vollkommen von ihr Besitz und berauschte sie, als wäre sie eine Droge.

Ein nie gekanntes Gefühl von Kraft und Lebensfreude durchströmte sie, sie fühlte sich jung, stark und in der Lage, alles zu schaffen, was sie sich vornahm. Ihre Zukunft sah sie leuchtend vor sich, ein glückliches, erfülltes Leben mit Xaver an ihrer Seite und mit niemandem sonst, er war die Liebe ihres Lebens, alles würde sie tun, um ihn glücklich zu machen, sie hatte Energie für zwei. Sie drückte Xavers Hand und ihr ganzer Körper bebte.

Mathilda wünschte, die Musik würde nie enden, und vor allem wünschte sie sich, dass das Gefühl der Stärke sie nie mehr verlassen würde. Sie zehrte noch lange davon, doch natürlich verblasste es im Laufe der Jahre. Doch jedes Mal, wenn sie an das Konzert dachte, durchrieselte sie es wieder warm.

MATHILDA ERZÄHLT XAVER EINE GESCHICHTE

Er ist Künstler.

Seine Hauptbeschäftigung ist es, zu malen, zumeist sind es abstrakte Aquarelle, denn er verabscheut kräftige, leuchtende Farben. An den Tagen, an denen er intensiv malt, braucht er weniger Medikamente. Beim Verkauf muss ich ihm helfen, den kann er nicht übernehmen, er tut sich schwer mit anderen Menschen. Ich tue es gerne, verscherbele die riesigen Leinwände unter Kollegen und Freunden, die sich freuen, mir einen Gefallen tun zu können. Manchmal knetet er Figuren aus Ton, die entweder eine Frau oder ein ineinander verschlungenes Pärchen darstellen. Seine ganze Wohnung ist voll mit diesen sinnlichen Figuren, und einige habe ich in meinem Haus stehen. Auch mit Kalligrafie beschäftigt er sich gerne, zurzeit ist er dabei, den gesamten *Faust I* in Unzialen abzuschreiben, und dafür besorgte ich ihm ein gebundenes, liniertes Buch und eine Bandzugfeder. Er setzt sich konsequent jeden Vormittag an seinen Schreibtisch und schreibt Wort für Wort mithilfe einer Vorlage ab, seine Buchstaben sind regelmäßig und wunderschön. Das Kunstwerk soll nach Fertigstellung an einen Trödlerladen verkauft werden.

Xaver: Der Liebhaber dieser Ich-Figur scheint in jeder Hinsicht begabt zu sein. Wie alt ist er übrigens?

Mathilda: Sehr jung.

MATHILDA UND XAVER

Nach seinem Verlagspraktikum in München hielt Xaver einen Anstandsbesuch bei seiner Mutter für nötig, da er seit fast einem halben Jahr nicht mehr zu Hause gewesen war; und weil er nicht alleine fahren wollte, fragte er Mathilda, ob sie ihn nicht begleiten wolle.

Es war ein strahlend schöner Septembertag und beide waren gut gelaunt. Die Zugfahrt dauerte zweieinhalb Stunden, am Bahnhof wurden sie von einem Nachbarn abgeholt, der sie die letzte halbe Stunde in seinem uralten Mercedes Benz bis direkt vor das Haus schaukelte. Mathilda saß hinten auf dem Rücksitz und träumte vor sich hin; der alte Mann gab sich ihr gegenüber betont jovial und sie amüsierte sich mit ihm. Überglücklich war sie, dass Xaver von ihr erzählt hatte und daraufhin seine Mutter sie kennenlernen wollte, es bedeutete ihr sehr viel und sie war ein bisschen aufgeregt.

Das alte, riesige Haus trug den Namen Schuroth. Es stand abseits des Dorfes alleine auf einem Hügel, ringsum gab es nur Wiesen und Wälder, herrschaftlich blickte es auf die Landschaft herab, Mathilda gefiel es sofort, sie behielt das aber für sich, da sie wusste, dass Xaver das Haus nicht leiden konnte. Die Gründe dafür erfuhr sie noch in derselben Nacht, es war das erste Mal, dass Xaver ihr von seiner Kindheit erzählte.

Als der Nachbar sie aussteigen ließ, stand Inge bereits da, in schwarzem Rock und weißer Bluse, die Arme verschränkt. Sie stürzte sich auf Xaver, umarmte ihn, küsste ihn, Mathilda sah in ihren Augen, wie sehr sie ihn liebte. Neid und Eifersucht durchzuckten sie in dem Moment, sie beneidete ihn wahnsinnig um diese Mutterliebe, er hatte sich die ganze Kindheit und Jugend lang in dieser Liebe sonnen können, und plötzlich verstand sie sein Selbstbewusstsein, seine Lässigkeit.

Sie wurde förmlich mit »Frau Kaminski« begrüßt, Inge schüttelte ihr mit spitzen Fingern kurz die Hand, musterte sie vom Scheitel bis zur Sohle und kommentierte dann ihre ausgelatschten Sandalen: »Tragen die heutigen Studentinnen so etwas?« Ihre würdevolle Art verunsicherte Mathilda und sie spürte: Für den einzigen Sohn hätte Inge sich etwas Besseres, ein Mädchen aus einer gut situierten, weltmännischen Akademikerfamilie gewünscht, dass sie das offensichtlich nicht war, sah Inge ihr an.

Sie saßen zu dritt im Garten, der Tisch war liebevoll gedeckt, tranken Kaffee und aßen selbst gemachten Zwetschkenkuchen. Inge unterhielt sie krampfhaft, sie plapperte ununterbrochen betont fröhlich dahin, als würde sie Stille als etwas Bedrohliches empfinden, dann fiel Mathilda ein, dass sie ja ständig mit der Stille leben musste. Ihr Mann war vor vielen Jahren an Asthma gestorben und sie lebte allein in dem großen Haus. Xaver gab sich schweigsam, antwortete auf Fragen einsilbig, sie selbst wurde nichts gefragt. Es war ein ungewöhnlich warmer Tag, Inge fragte, ob sie den Sonnenschirm aufspannen sollte und spannte ihn auf, ohne eine Antwort abzuwarten, Mathilda beobachtete einen Raben, der sich auf das Dach des hölzernen Geräteschuppens gesetzt hatte und stolz umherblickte.

Inge war das völlige Gegenteil ihrer Mutter Martha, sie war gepflegt, gebildet und fleißig, außerdem war ihr die Familie wichtig, die allerdings nur noch aus Xaver und ihr bestand. Schon bei diesem ersten Treffen erzählte sie ausführlich, dass sie gerne eine große Familie gehabt hätte, aber nach einer Totgeburt keine weiteren Kinder mehr hatte bekommen können. Sie erzählte es so, als könnte Mathilda sie deswegen für faul halten und als fühlte sie sich minderwertig, weil sie nur ein Kind großgezogen hatte, während im Dorf die meisten Frauen durchschnittlich vier hatten.

Xaver schlenderte mit Mathilda durch das Innere des Hauses und zeigte ihr die unzähligen Zimmer, es waren zwei Stockwerke, im ersten zählte sie fünf Schlafzimmer und ein Badezimmer, im Erdgeschoß gab es neben der Küche, einem weiteren Bad und dem Wohnzimmer noch Inges Schlafzimmer und den Teil des Hauses, der nicht bewohnt wurde und einen eigenen Eingang hatte: die stillgelegte Schusterei.

Beim näheren Betrachten sah man, wie alt und renovierungsbedürftig das Haus war, und dass es eindeutig an Geld fehlen musste, in den meisten Zimmern entdeckte sie kaputte Möbel, Schimmelbefall oder sich lösende Tapeten und die zwei Badezimmer, die Anfang der fünfziger Jahre eingerichtet worden waren, sahen mehr als abgenützt aus. Noch nie zuvor hatte Mathilda ein dermaßen geräumiges Haus gesehen, jeder Raum hatte ungefähr dreißig Quadratmeter, Keller und Dachboden waren ebenfalls riesig. Sie fühlte sich wohl in diesem alten Haus, sie wäre gerne hier aufgewachsen, dachte sie, inmitten all der Natur und in diesen großen Zimmern, in denen man sich nicht gegenseitig auf die Nerven ging.

In der Nacht kam Xaver zu ihr ins Zimmer geschlichen – denn Inge hatte sie in zwei getrennten Zimmern untergebracht, was er mit einem Augenrollen kommentiert hatte – und erzählte ihr flüsternd, warum er sich in Schuroth nicht wohlfühlte. Er konnte und wollte hier nicht leben, sagte er, und er wusste, dass sich seine Mutter genau das von ihm erwartete. Und all seine verstorbenen Ahnen auch.

XAVER ERZÄHLT MATHILDA EINE GESCHICHTE

Fünf Jahre später, 1914, begann in Europa der große Krieg zu toben und in den Vereinigten Staaten wurden die Einwanderer aus der Habsburgermonarchie und dem Deutschen Reich nun wirklich zu Fremden. Richard und alle Ausgewanderten standen viele Ängste und Sorgen um ihre Familien in der Heimat aus. Ein Jahr danach, im Sommer 1915, schwebte Richard aber plötzlich im siebten Himmel: Er hatte eine wunderschöne Frau kennengelernt und sich augenblicklich in sie verliebt. Dorothy O'Flaherty stand im Schaufenster eines kleinen Schuhladens in der Wisconsin Avenue, der neu eröffnet werden sollte, und dekorierte es, als Richard vorbeiging und sich ihre Blicke trafen. Sie gingen noch am selben Abend gemeinsam essen und trafen sich von diesem Tag an regelmäßig. Ihr Vater war Ire, dessen Eltern eingewandert waren, ihre vor Kurzem verstorbene Mutter war halb Indianerin, halb Polin gewesen, bisher hatte sie mit der Familie in Chicago gelebt. Ihr Vater, ein begnadeter Schuhhersteller, wollte nach dem Tod seiner jahrelang schwer kranken Frau ein neues Leben beginnen, brach alles in Chicago ab und zog mit seinen vier Töchtern nach Milwaukee, wo er sich selbständig machte und einen Schuhladen eröffnete, wozu er bisher nicht den Mut gefunden hatte.

Das Geschäft lief von Anfang an gut, wie auch die Beziehung zwischen Richard und Dorothy, er spürte, dass er sie wirklich liebte und mit ihr glücklich werden konnte. Sein Freundeskreis kam ihm mit Unverständnis entgegen, Richard handelte gegen das ungeschriebene Gesetz, dass Auswanderer entweder die Ehefrau (oder den Ehemann) aus der Heimat mitbrachten oder sich die Ehefrau (oder den Ehemann) unter den Auswanderern (aus derselben Gegend) suchten. Es war ihm gleichgültig, er liebte die Gegenwart der fröhlichen, ständig plappernden Schwestern und ihren besonnenen, heiteren Vater, er liebte den liebevollen, freundlichen, vertrauensvollen Umgang in dieser Familie, und ganz besonders liebte er die älteste Tochter. Was Richard als Wermutstropfen empfand, war, dass er mit Dorothy nicht in seiner Muttersprache sprechen konnte, bestimmte Dinge, so hatte er das Gefühl, konnte er nicht so ausdrücken und vermitteln, wie er es gerne getan hätte. Was er hingegen als befreiend empfand, war, dass Dorothy liberal eingestellt und nicht so streng katholisch war wie die jungen Frauen in seinem Heimatdorf und sich gewissen Zwängen nicht unterwarf; sie gab sich Richard das erste Mal nach einem Picknick im Sommer 1917 hin.

Sie unternahmen viel gemeinsam, und im Frühling 1918 begann man auch allmählich zaghaft über die Zukunft zu sprechen, bis im November 1918 ein verzweifelter Brief von Richards Schwester eintraf, der alles veränderte. In seinen Gedanken hatte sich Richard zwar oft ein Wiedersehen mit seiner Familie ausgemalt, aber unter ganz anderen Umständen, als es dann der Fall sein sollte. Er wollte sich mit Dorothy verloben, sie heiraten und die Flitterwochen in Europa verbringen, er wollte ihr unbedingt den Ort zeigen, an dem er aufgewachsen war.

Seine Schwester berichtete ihm von schrecklichen Ereignissen: Fünf russische, grölende, betrunkene Soldaten waren in das alte Haus eingedrungen, hatten die bettlägerige Mutter und den ältesten Sohn Josef bewusstlos geschlagen, Fenster und Tür verbarrikadiert und das alte Haus niedergebrannt. Der Vater war währenddessen mit den anderen Kindern im

Wald gewesen, um Brennholz zu schlagen. Das Haus aus Stein war vollkommen ausgebrannt, die Leichen verkohlt, die restliche Familie hauste im Schuppen und hatte kaum zu essen. Richard verabschiedete sich von Dorothy und ihrer Familie, versprach seine Rückkehr und reiste in die Heimat zurück. Am 24. Dezember kam er an, er war mehr als zehn Jahre weg gewesen. Zu Hause konnte er nicht glauben, was er sah.

Für Richard war es klar, dass er nicht sofort zurückreisen konnte und dass er seiner Familie mit seinen ersparten amerikanischen Dollars helfen musste, ein neues Haus und die Schusterei aufzubauen. Er würde mindestens ein Jahr bleiben, schrieb er an Dorothy. Aus dem einen Jahr wurden zwei und dann wurde es der Rest seines Lebens.

XAVER

Nachdem Inges Brüder im Zweiten Weltkrieg gefallen waren, war es klar, dass sie den Besitz erben und weiterführen würde. Damit der Familienname erhalten blieb, heiratete sie nicht, Xaver trug den Mädchennamen der Mutter, seine Eltern waren nie verheiratet gewesen. Alleine diese Tatsache hatte er nie verstehen können. Sein Vater wäre gerne ein verheirateter Mann gewesen, und da er aus einer sehr religiösen Familie stammte, litt er darunter, ein lediges Kind zu haben, doch der Erhalt des Namens war Inge wichtiger.

»Immer hat das Haus und der Name mehr gezählt als die Menschen darin«, sagte Xaver mit einem bitteren Zug um den Mund.

Das Haus samt Garten war der Lebensinhalt seiner Mutter, sie schuftete den ganzen Tag, um den Verfall aufzuhalten, indem sie es von oben bis unten schrubbte und wieder schrubbte und indem sie die Mängel mit Spitzendeckchen, selbst gehäkelten Überwürfen und bestickten Kissen zudeckte. Sie wollte das Haus für ihren einzigen Sohn, den letzten Nachkommen der einst kinderreichen und weitverzweigten Sippschaft Sand lebenswert erhalten. Für sie bestand kein Zweifel daran, dass Xaver nach seinem Studium zurückkehren und in dem Haus leben würde. Er würde hier mit seiner Frau und seinen vielen Kindern wohnen und in seinem Arbeitszimmer Romane schreiben, die ihm Weltruhm und Wohlstand einbringen würden. Die Möglichkeit eines Verkaufs existierte für Inge nicht: Etwas, das jahrhundertelang eine altehrwürdige Familie beheimatet und auch ernährt hatte – früher war eine Schusterei und eine kleine Landwirtschaft dabei gewesen, von der die Familie gelebt hatte –, verkauft man nicht, so ihr Leitspruch. Das Wort *altehrwürdig* hasste Xaver am meisten. Der Besitz musste auf jeden Fall weitergeführt werden und Xavers Sohn und Tochter mussten ihn erben und ebenfalls für die Nachkommen weiterführen.

Nur einmal in seiner Jugend hatte Xaver eine Ohrfeige von Inge bekommen und das war, als er verkündete, er würde den alten Steinkasten abreißen und sich einen modernen Bungalow bauen lassen, falls ihn irgendjemand dazu zwingen würde, sein Leben hier zu fristen. Die ganze Kindheit war er mit dem Wissen um die Pflicht, dieses Haus eines Tages hegen und pflegen zu müssen, aufgewachsen, ja es war sogar mehr als eine Pflicht, es war ein moralischer Auftrag an ihn. Er war es den verstorbenen Vorfahren schuldig, die ihre ganze Lebens- und Arbeitskraft in diese Heimatstätte gesteckt hatten.

Die Familie Sand war eine alteingesessene Familie in Hegnersdorf und betrieb seit zwei Jahrhunderten eine Schusterei mit Schuhverkauf, die dann von Inge Mitte der siebziger Jahre schweren Herzens zugesperrt wurde. Die Leute kauften ihre Schuhe in großen Schuhläden in der Stadt und nicht mehr beim Schuster im Dorf, kaputte Schuhe ließ man nicht mehr reparieren, man schmiss sie weg. Immer war sie die Meisterstochter gewesen, dann lange Zeit selbst die Chefin, bis sie plötzlich Arbeitslosengeld beziehen musste und in der Umgebung geredet wurde, dass sie in Konkurs gegangen wäre. Nicht einmal Xaver wusste, ob seine Mutter tatsächlich in Konkurs gegangen war, denn sie sprach nie darüber, doch er vermutete Schulden bei der Bank, da plötzlich jeder Groschen umgedreht wurde. Wirtschaften hatte seine Mutter nie gut können, sie hatte immer von allen Vertretern stapelweise Schuhkartons mit eleganten Damenschuhen gekauft und die Nachfrage ignoriert. Später fand sie eine Arbeit als Teilzeitbüroangestellte im Lagerhaus, wohin sie mit dem Fahrrad fahren konnte, denn den Führerschein hatte sie nie gemacht.

Das alte Haus der Familie Sand war wesentlich kleiner und einfacher gewesen, Inges Vater Richard hatte, nachdem es von russischen Soldaten niedergebrannt worden war, an seiner Stelle ein größeres erbaut. Beim Brand waren Richards Mutter und sein ältester Bruder ums Leben gekommen. Seine älteste Schwester berichtete ihm in einem Brief, den sie ihm nach Milwaukee schickte, die grauenhaften Details, und drei Monate später stand Richard vor dem Grab seiner Mutter und seines ältesten Bruders, und anschließend vor der Scheune, in der es sich die Familie notdürftig eingerichtet hatte. Er war entsetzt über so viel Elend, das der vierjährige Krieg über seine Heimat und seine Familie gebracht hatte, die Sands hatten immer zu den Wohlhabenderen in der Gegend gezählt. Nun war er der älteste Sohn und fühlte sich dem alten Vater und den jüngeren Geschwistern gegenüber verantwortlich. Er verschob seine Rückkehr nach Milwaukee immer wieder, weil er es nicht übers Herz brachte, sie im Stich zu lassen, und weil ihm Anna, eine Bauerntochter aus dem Nachbardorf, ausnehmend gut gefiel.

Richard war es dann, der mit seinen ersparten amerikanischen Dollars das Haus nach seinem Entwurf, schöner und größer als zuvor, neu aufbauen ließ, mehrmals im Jahr fuhr er mit der Bahn in die Stadt und tauschte bei einer Bank das Geld um. Das Haus zu planen, zu bauen und später zu pflegen wurde seine Lebensaufgabe. Alle Familienmitglieder halfen mit und bereits zwei Jahre später, 1920, stand es da, monströs, und sah aus wie das Herrschaftshaus einer Plantage in South Carolina. Die Leute in der verarmten Region staunten über diesen großartigen Bau und pilgerten zur Baustelle, um ihn sehen zu können. Als das Haus fertig war, sperrte Richard die Schusterei wieder auf und heiratete Anna; nach Milwaukee kehrte er nie mehr zurück, so wie er es eigentlich geplant hatte. Die Kinderschar blieb nicht aus, das Paar bekam zwei Söhne und drei Töchter, und als Nachzüglerin folgte Ingeborg im Jahr 1935, Richard liebte sie – und das Haus – am meisten. Ansonsten war er ein wortkarger und verschlossener Mann.

MATHILDA ERZÄHLT XAVER EINE GESCHICHTE

Damals, es sind fast vierzehn Jahre, fuhr ich fünf Stunden mit
dem Auto, um ihn abzuholen. Da ich selber kein Auto hatte,
lieh ich mir den Volvo meiner Freundin Silvia. Die Adresse
fand ich sofort und auch die erste Begegnung verlief ohne jede
Schwierigkeit. Eigentlich hatte ich mir alles viel komplizierter
vorgestellt, ich war auf jeden Zwischenfall vorbereitet gewesen,
doch ich brauchte Plan B in keiner Phase meines Projekts. Ich
kletterte über den Zaun und schlich vorsichtig zu dem Baum,
unter dem er tief und fest schlief. Niemand war in der Nähe,
niemand war zu sehen, wie leichtsinnig! Alles wirkte so friedlich und still in diesem Obstgarten, es war sehr warm, man
hörte nur ein paar Vögel zwitschern, sonst nichts. Ich nahm
ihn hoch und trug ihn ins Auto. Fast war ich enttäuscht, weil
alles so leicht ging.

Beim Zurückfahren zog plötzlich ein Gewitter auf. Es regnete so stark, dass ich mit siebzig Stundenkilometern auf der
Autobahn dahinkriechen musste. Da es zu dämmern anfing
und dunkel wurde, blendeten mich die entgegenkommenden
Fahrzeuge mit ihren Scheinwerfern, und nach einer Weile
brannten meine Augen. Das Autofahren fiel mir nicht leicht,
ich war es einfach nicht gewohnt und musste mich stark konzentrieren. Außerdem war er unruhig und warf sich in seinem
Sitz hin und her, das machte mich zusätzlich nervös. Schließlich schlief er doch ein und ich konnte erleichtert aufatmen.
Als wir zu Hause ankamen, war es spät in der Nacht und ich
trug ihn in seine neue Wohnung. Todmüde und überglück-

lich schlief ich augenblicklich neben ihm ein. Endlich gehörte er mir, endlich war ich nicht mehr allein. Ich gab ihm den Namen Julius.

Xaver: Das ist eine schräge Geschichte, die du mir da erzählst.
Mathilda: Ja?
Xaver: Worum geht es jetzt eigentlich?
Mathilda: Hast du keine Ahnung?
Xaver: Nein.

Die ersten Tage mit ihm waren natürlich am schwierigsten, er weinte viel und ich konnte ihn kaum beruhigen. Dann wurde er noch krank, schwer krank, er hatte tagelang hohes Fieber, an die einundvierzig Grad, und ich musste Medikamente besorgen. Gott sei Dank ging das Fieber dann zurück und er erholte sich schnell. Ich weiß nicht, was ich gemacht hätte, wenn das Fieber nicht runtergegangen wäre, ich hätte ja mit ihm nicht einfach in einem Krankenhaus auftauchen können. Nach seiner Krankheit war er ruhiger, er weinte nicht mehr so viel.

Von Anfang an war ich darauf bedacht, eine klare Struktur in seinem Tagesablauf zu schaffen, jede Stunde war genau geplant, jede Beschäftigung gut organisiert. Die Tatsache, dass Sommerferien waren, kam mir zu Hilfe, so konnte ich viel Zeit mit ihm verbringen. Wir turnten, schauten uns Bilderbücher an, spielten, bastelten, malten und kuschelten permanent, Langeweile durfte keine aufkommen. Er nahm alles dankbar an.

Schwierig war für mich, nicht mit ihm zu sprechen. Manchmal rutschte mir automatisch ein Wort oder ein Satz heraus und er schaute mich interessiert und fragend an. Um mein Sprechverbot nicht zu vergessen, klebte ich mir in den ersten Wochen Klebestreifen über die Lippen, wenn ich zu ihm ging. Er machte das nach, klebte sich unzählige Klebestreifen über

Mund, Nase, Augen. Auch der kleine Fernseher lief immer, wenn ich ihn einschaltete, ohne Ton.

Xaver: Warum spricht die Ich-Figur nicht mit diesem Kind?
Mathilda: Weil sie will, dass es ohne Sprache aufwächst.

MATHILDA UND XAVER

Bei diesem ersten Besuch bei seiner Mutter blieben sie für zwei Nächte, am dritten Tag fuhren sie wieder zurück nach Wien. Auf der Rückfahrt im Zug stritten sie, weil Mathilda versuchte, Xaver seiner Mutter gegenüber versöhnlicher zu stimmen und die Vorzüge zu sehen, die ein Leben in einem solchen Haus mit sich brächten. Xaver blieb stur und uneinsichtig. Alle ihre weiteren Besuche dauerten ebenfalls nicht länger, weil er sich weigerte länger zu bleiben, er hielt es nicht aus, wurde rastlos und unruhig. Jedes Mal stand Inge mit durchgestrecktem Rücken, erhobenem Kopf vor dem großen Haus, um den beiden nachzuwinken, ihr Anblick machte Mathilda traurig. Oft stritten sie dann im Zug oder sahen beide schweigend aus dem Fenster.

Bei einem der Besuche, es war zu Ostern, versuchte Mathilda sich auf Inges Seite zu schlagen, sie hätte gerne mit Xaver nach dem Studium in diesem Haus gelebt, sie hätte ihn gerne geheiratet und seine Kinder bekommen. Liebend gerne hätte sie eine Rolle bei der Weiterführung eines Namens und Besitzes einer altehrwürdigen Familie gespielt. Sie stellte sich im Geiste bereits vor, wie sie das Haus wieder auf Vordermann bringen würde, wie ihre Kinder im Garten herumtollen würden. Das deutete sie Inge gegenüber vorsichtig an, als sie ihr beim Kochen half: »Es muss wunderschön sein, in diesem Haus zu wohnen und hier die Kinder aufwachsen zu sehen.«

Daraufhin musterte diese sie kurz und meinte: »Ich glaube nicht, dass Sie zu diesem Haus passen.« Das war's, mehr nicht, dass sie damit auch implizierte, Mathilda passe nicht zu Xaver, verstand sich von selbst, denn für sie waren Xaver und das Haus untrennbar miteinander verbunden.

Inge musste es Xaver erzählt haben, denn er machte Mathilda im Zug ein gewaltiges Theater und setzte sich dann in ein anderes Abteil, sie blieb am Boden zerstört zurück, zittrig und mit zerfahrenen Gesten, sie dachte, der Wunsch nach Trennung, den er ausgesprochen hatte, sei endgültig. Am Bahnhof gingen sie beide getrennte Wege, jeder fuhr in seine Wohnung. Nach zwei Tagen tauchte er wieder auf, entschuldigte sich bei ihr und verlangte, dass sie sich nie wieder auf die Seite seiner Mutter stellte, das wäre eine Bedingung ihrer Beziehung, dann aß er bei ihr zu Abend. Er sei ein Stadtmensch, er würde nie in dieses Haus ziehen.

Kein einziges Mal mehr machte sie irgendeine Andeutung, dass Inges Wünsche ihren eigenen sehr entgegenkamen. Wenn Xaver Inge besuchte, fuhr sie nicht mehr mit, denn sie wären sich ohnehin bei der Rückfahrt nur in den Haaren gelegen, er rastlos, sie deprimiert. Nur einmal im Jahr hielt sie einen Anstandsbesuch für nötig und kam mit, meistens im Sommer.

Viele Jahre später, Xaver und sie waren beide über dreißig, machte Inge einen Schritt auf sie zu. Sie hatte sich im letzten Jahrzehnt stark verändert, wirkte verwelkt und kleinlaut, ihr Sohn hatte bis dahin kein Studium abgeschlossen, war kein erfolgreicher Schriftsteller und dachte nicht daran, in das Haus zu ziehen oder sich fortzupflanzen. Zaghaft fragte sie Mathilda, warum sie denn nicht endlich heiraten und hier einziehen würden, ein Gymnasium, in dem sie unterrichten könnte, gebe es in der nächsten Kleinstadt, ob sie denn nicht Xaver dahingehend beeinflussen könnte. Mathilda konnte nur mit den Achseln zucken, Xaver wäre um nichts in der Welt einverstanden gewesen.

XAVER ERZÄHLT MATHILDA EINE GESCHICHTE

Als Richard am 24. Dezember 1918 am Grab seiner Mutter und seines Bruders stand, hörte er hinter sich ein Bellen, er drehte sich um, sah einen alten Schäferhund vor sich stehen und daneben eine schlanke blonde Frau mit großen blauen Augen und Sommersprossen. Sie sagte leise: »Richie hat gut auf mich aufgepasst«, und da fiel es ihm schlagartig ein, das Bild, das er auf der Schiffsreise und in Ellis Island mit sich getragen und dann im neuen Leben so völlig vergessen hatte: die barfüßige vierzehnjährige Anna, die im hohen Gras auf ihn zulief, hinter ihr der Welpe.

Anna besuchte ihn mehrmals in der Woche und half von Anfang an tatkräftig mit, das neue Haus aufzubauen, sie bekochte Familie und Arbeiter, sie wusch Wäsche, sie pflegte den kranken Vater, sie war mit ihrer stillen Art zur Stelle, wenn etwas gebraucht wurde, Richard staunte über ihren Fleiß und verliebte sich in sie. Dass sie ihn liebte, daraus machte sie kein Hehl, sie gestand ihm sehr schnell, dass sie gehofft habe, er würde zurückkommen, dass sie es sogar geahnt habe; ihren Körper jedoch verweigerte sie ihm, den gebe es nur nach einer Hochzeit, sagte sie, und auch das bewunderte er.

Und so steht er im Oktober 1919 vor den Steinmauern, die ein Haus werden sollen, sein Haus?, und ringt um eine Entscheidung. Welches Leben soll er wählen, mit welcher Frau soll er alt werden? Er weiß es noch nicht und gibt sich Zeit. Die Zeit soll es entscheiden, denkt er, mit der Zeit werde ich es wissen; die Zeit ist aber für Anna, denn diese ist *hier* und

Dorothy *weit weg*. Wenn viele verzweifelte Briefe von Dorothy kommen, wenn jede Woche ein Brief von ihr eintrifft, in dem sie ihre Sehnsucht nach ihm beschreibt, kehre ich zu ihr zurück, denkt Richard, obwohl – habe ich ihr etwas versprochen? –, doch nach nicht einmal einem Jahr kommen keine Briefe mehr von Dorothy. Richard ist enttäuscht und verletzt, so schnell also wurde er vergessen! Er hält im Frühling 1920 um Annas Hand an. Noch vor dem Altar hat er Zweifel, ob es die richtige Entscheidung war, und nach der Hochzeit geht der Zweifel unter, er geht unter vor lauter Arbeit, Verantwortung und Verpflichtungen. Ob er glücklich ist, weiß er nicht, es fragt auch niemand danach.

Es kommen Kinder zur Welt, jedes Jahr eines, bis es fünf sind, Richard will nicht so viele, Anna ist streng katholisch und gegen Verhütung, Annas alte Eltern kommen ins Haus, sie können sich nicht mehr alleine versorgen, sie werden gepflegt, mit ihnen kommt der mongoloide Bruder, Karl macht Schwierigkeiten, er fordert die Auszahlung seines Erbteils, die Schwestern kommen endlich unter die Haube, eine Nachzüglerin – Ingeborg – kommt auf die Welt, ein zweiter großer Krieg kommt und richtet alles zugrunde, was man sich nach dem ersten großen Krieg wieder aufgebaut hat, zwei Söhne fallen.

Anna arbeitet und betet, betet und arbeitet, nur spricht sie nicht mit Richard, sie tanzt oder lacht oder schwimmt auch nicht mit ihm, sie geht nicht mit ihm spazieren, liest keine Zeitung mit ihm und diskutiert nicht über das Weltgeschehen, sie küsst ihn nicht vor anderen auf den Mund, sie fragt ihn nicht, ob es ihm gut geht, sie ist hager und verhärmt, für sie ist alles gottgewollt, man muss nur ein gottesfürchtiges Leben führen, dann wird alles gut. So vergeht die Zeit.

Als der Dachboden ausgebaut werden soll, findet man in

der letzten Ecke eine verstaubte Schachtel mit alten Fotos und Briefen, Richard sieht sie durch und findet darunter ein paar Fotos von Dorothy und ihrer Familie, Fotos von ihnen beiden, und auch die Briefe, die sie ihm anfangs schrieb. Er liest sie staunend durch, eine Ewigkeit ist sie her, diese Zeit in Milwaukee, alles kommt ihm so weit weg und verschwommen vor, war das wirklich er? So vieles fällt ihm wieder ein, auch sein wochenlanges Ringen um die richtige Entscheidung damals, vor dreißig Jahren, er ist sechzig Jahre alt und muss sich eingestehen, dass er nicht glücklich wurde und dass er damals die falsche Entscheidung traf. Seine ältere Schwester, deren Nachricht ihn damals bewog, nach Hause zurückzukehren, findet ihn beim Studieren dieser Briefe und beichtet ihm, dass sie damals viele Briefe von Dorothy, die noch jahrelang kamen, abgefangen und verbrannt habe. Mit aller Kraft wollte sie verhindern, dass Richard ein zweites Mal wegging, er war nach dem Tod Josefs der älteste Bruder und außerdem der Geeignetere, um das Erbe der Familie Sand weiterzuführen, sie sah in Karl nicht den richtigen Mann dafür, und es war doch wichtig, dass die Familie und der Betrieb weiter bestünden und in guten Händen seien. Als sie erkennt, wie fassungslos Richard ist, meint sie, das Wohlergehen der Familie sei wichtiger als das Glück des Einzelnen, und – er hat es zu etwas gebracht, er besitzt einen großen Betrieb, hat eine wunderbare Familie, er sei ja glücklich, oder nicht?

Zwei Jahre später stirbt Anna an einem Gehirnschlag, und ein halbes Jahr später entschließt Richard sich, in die USA zu reisen, um herauszufinden, was aus Dorothy wurde. Der alte Mann sitzt im Flugzeug, schläft ein und träumt davon, dass er als junger Mann im Hafen von New York ankommt, Dorothy ihm entgegenläuft und ihn stürmisch umarmt.

Mathilda: Und? Sieht er sie wieder? Was ist aus ihr geworden?

Xaver: Der Schluss bleibt offen.

Mathilda: Das ist ja gemein!

MATHILDA UND XAVER

Im Alter von neun Jahren hatte Xaver bei einem landesweiten Aufsatzwettbewerb, der in den Volksschulen ausgeschrieben wurde, mitgemacht und gewonnen; das Thema des Wettbewerbs lautete »Mein Traum«. Fast alle Kinder, die mitmachten, waren Mädchen und bereits in der vierten Klasse, Xaver saß erst in der dritten. Während die meisten Kinder Beschreibungen einer friedlichen Welt, in der es keinen Hunger und keine Not gab, verfassten oder von einer Weltreise träumten, war er der Einzige, der eine Fantasygeschichte schrieb. Seine Geschichte trug den Titel *Im Reich der nackten Engel* und handelte von einem gigantischen unterirdischen Reich in den Bergen, in dem die – nackten – Schutzengel der Menschen hausten, und in das ein kleiner Junge plötzlich Zutritt bekam. Der Junge durfte den Engeln bei ihrer Arbeit zusehen und sie – und die gesamte Menschheit – schließlich vor dem Teufel retten.

Bei Mathildas erstem Besuch in Schuroth kramte Inge den Aufsatz hervor und gab ihn ihr zu lesen. Mathilda durfte ihn nach Wien mitnehmen und davon eine Kopie machen, beim nächsten Besuch gab sie Inge den Aufsatz zurück. Viele Jahre später, als ein Schüler eine großartige Fantasygeschichte über ein Engelsreich als Schularbeit verfasste, erinnerte Mathilda sich an Xavers Aufsatz und holte ihn hervor.

Es war verblüffend, wie ähnlich sich die beiden Geschichten waren, Xavers war zwar kindlicher, doch er war beim Verfassen auch um vier Jahre jünger gewesen als Mathildas Lieblingsschüler Philipp Kumpitsch. Diese Ähnlichkeit der Aufsätze hielt Mathilda für einen Wink des Schicksals, obwohl sie nicht an Schicksal glaubte, und sie begann mit den beiden Aufsätzen gedanklich zu spielen und überlegte sich detailliert eine Geschichte über ein unterirdisches Reich der Engel, in das plötzlich Jugendliche Zutritt bekommen und eine Menge Abenteuer bestehen müssen, um dieses Reich und die gesamte Menschheit vor dem Satan zu retten. Als sie Xaver davon erzählte und ihm den Vorschlag machte, sie zu schreiben, lachte er zuerst darüber, er sei doch kein Jugendbuchautor, er schreibe ernsthafte Romane für Erwachsene, wehrte er ab, bis er sich schließlich von ihrer Leidenschaft anstecken ließ. In den folgenden einneinhalb Jahren schrieben sie gemeinsam die drei Jugendbücher *Engelsflügel, Engelskind* und *Engelsblut* und verstanden sich dabei so gut wie schon lange nicht mehr. Alle Beziehungsprobleme schienen in den Hintergrund gerückt, sie erreichten eine Nähe, die sie jahrelang nicht mehr gespürt hatten.

Er hatte Glück gehabt, so erzählte Xaver, dass man das Jahr 1967 schrieb, zehn Jahre früher hätte man ihn für seine Geschichte über nackte Engel wahrscheinlich bestraft. Die besten dreißig Aufsätze wurden gedruckt und das Buch mit dem Titel *Was unsere Kinder träumen* wurde bei einem Festakt der Öffentlichkeit, sprich den stolzen Eltern und Lehrern, vorgestellt. Nach endlos langen Reden der Verantwortlichen durften die drei Kinder, die die besten Aufsätze geschrieben hatten, diese vor dem Publikum vorlesen. Xaver war nach zwei Mädchen der Dritte, der hinter einem riesigen Mikrofon stehend seine Geschichte vorlas. Mit seiner braunen Schnürlsamthose, die ein bisschen zu kurz war, seinem grün-orange karierten Hemd und seinen schief geschnittenen Stirnfransen stand er da und las seine Geschichte, laut, eine Spur zu langsam und wahnsinnig stolz. Inge schilderte diese Szene bis ins letzte Detail und Mathilda, deren Herz beim Zuhören vor Liebe überschäumte, konnte den kleinen Xaver richtig vor sich sehen.

Seither wollte er Schriftsteller werden. Seine Eltern ermutigten ihn durchaus, denn Thomas, sein Vater, der Hauptschullehrer war, sah sich eigentlich als Künstler, er schrieb Gedichte, Erzählungen, Novellen, Romane, die aber meistens in der Schublade endeten. Mit fünfundvierzig hatte er endlich das Glück, einen kleinen Verlag zu finden, der dann ein dünnes Büchlein mit seinen Gedichten herausgab. Das Buch verkaufte sich schlecht, nur an die zweihundert Stück wurden von Verwandten und Bekannten gekauft, und für weitere Werke fand er keinen Verleger mehr. Thomas hoffte, dass sein Sohn erfolgreicher sein würde als er. Ein paar Jahre darauf starb er an Asthma.

MATHILDA UND XAVER SEHEN EINANDER NACH
SECHZEHN JAHREN WIEDER

Xaver: Die Schneeflocken sind wunderschön, so dicht, so weich.

Mathilda: Die Schneeflocken im dritten Kapitel in *Engelsflügel* habe ich mir immer so vorgestellt.

Xaver: Ich mir auch.

Mathilda: »Elena aber wollte unbedingt dabei sein, wenn sie Elias unter den Schneemassen finden würden. Plötzlich kitzelte sie etwas im Gesicht, sie schaute hoch und entdeckte dichte, weiche Schneeflocken, die ihr sanft ins Gesicht fielen und so schnell schmolzen, als hätte es sie nie gegeben.«

Xaver: Kennst du alle drei Bücher auswendig?

Mathilda: Nur meine Lieblingsstellen im ersten Buch.

Xaver: Was sind deine Lieblingsstellen?

Mathilda: Drittes Kapitel, als sie nach dem Lawinenunglück Elias' Leiche suchen und nicht finden, viertes Kapitel, als Elias plötzlich in der Nacht auf Elenas Bett sitzt und siebtes Kapitel, als die beiden gemeinsam aus dem Reich der Engel nach Hause zurückkehren und vor ihrer Mutter stehen, die fast in Ohnmacht fällt.

Xaver: Meine Lieblingsstellen sind in allen drei Teilen jeweils die dreizehnten Kapitel.

Mathilda (lacht): Ja, die Showdowns hast du am liebsten geschrieben – und am schnellsten. Übrigens ist Philipp Kumpitsch ein paar Jahre darauf tödlich verunglückt.

Xaver: Wer ist Philipp Kumpitsch?

Mathilda: Der Schüler.

Xaver: Welcher Schüler?

Mathilda: Erinnerst du dich an seine Schularbeit *Im Reich der Engel?* Wir haben sie als Anregung für die Trilogie genommen.

Xaver: Wie ist er gestorben?

Mathilda: Beim Snowboardfahren auf der Rax.

Xaver: Das ist nicht dein Ernst.

Mathilda: Allerdings war es keine Lawine, sondern ein junger Skifahrer ist in ihn hineingerast und dabei wurde er gegen einen Baum geschleudert. Er hat keinen Helm getragen und ist auf dem Weg ins Krankenhaus gestorben.

Xaver: Oh mein Gott.

Mathilda: Weißt du, was seine letzten Worte waren? Angeblich hat er zum Notarzt gesagt: »Jetzt komme ich in das Reich der Engel.«

Xaver: Das ist ja richtig gruselig. Ich habe eine Gänsehaut.

MATHILDA UND XAVER

Mathilda gefiel es, mit einem Schriftsteller zusammen zu sein, vor allem am Anfang ihrer Beziehung, alle ihre Studienkollegen beneideten sie darum, ein Künstler war etwas Besonderes; ihre Mutter war die Einzige, die über Xavers Beruf lauthals lachte.

Am besten verstanden sie sich, wenn sie über Bücher sprachen oder über Xavers aktuelles Schreibprojekt, darüber konnten sie stundenlang leidenschaftlich diskutieren. Wenn er an einem Roman arbeitete, fragte er sie fortlaufend um ihre Meinung und sie war jedes Mal die Erste, die das fertige Manuskript lesen durfte. Mathilda verstand immer sofort, worauf es ihm in seinen Romanen ankam.

Geschichten flogen Xaver schneller zu, als er sie aufschreiben konnte, sie überfielen ihn geradezu, sie sich auszudenken, fiel ihm wesentlich leichter als sie dann in mühevoller Kleinarbeit zu Papier zu bringen. Er liebte es, Geschichten gedanklich ausreifen zu lassen, damit herumzuspielen, bis Struktur und Charaktere stimmig waren, beim Schreiben selbst verlor er schnell die Geduld.

»Geschichten im Kopf wachsen zu lassen ist herrlich und macht Spaß, sie dann niederzuschreiben ist richtiggehend masochistisch«, sagte er oft. Während des Schreibprozesses musste Mathilda ihn laufend motivieren weiterzumachen, ihn regelrecht antreiben, denn nicht selten gab Xaver nach ein paar Monaten auf und wollte den nächsten Roman beginnen. Sie musste oft ihre ganze Überzeugungskraft aufwenden, wochen-

imploring
swearing to

lang beschwörend auf ihn einreden oder ihn sogar anschreien, um ihn daran zu hindern, aufzuhören.

Insgesamt fünf Romane schrieb Xaver, bevor er gemeinsam mit Mathilda in den Jahren 1994 und 1995 die Jugendbuchtrilogie *Engelsflügel*, *Engelskind* und *Engelsblut* schrieb. Mit keinem gelang ihm der Durchbruch, alle wurden sie zwar von den Kritikern gelobt, jedoch nicht viel gelesen, von keinem, außer dem zweiten, erschien mehr als eine Auflage. Sein zweiter Roman *Fünf Frauen, fünf Männer* gefiel Mathilda am besten, er bestand aus zehn langen Dialogen, und ihrer Meinung nach gehörte das Dialogschreiben eindeutig zu Xavers Stärken. Xaver und sie machten sich einen Spaß daraus, alle Szenen durchzuspielen, für diesen Zweck kaufte er Mathilda sogar rote Stöckelschuhe und sie lernte, russischen Borschtsch zu kochen:

Im ersten Kapitel trifft die russische Prostituierte Ludmilla auf den betrunkenen, neunzehnjährigen Bundeswehrdiener Andi und spricht ihn an. Andi hat sein freies Wochenende, verbrachte gerade den Abend mit Freunden in einer Bar und braucht jetzt nur noch ein Bett. Ludmilla braucht nur noch einen Freier in dieser Nacht, da sie ansonsten Schwierigkeiten mit ihrem Zuhälter bekommt. Sie zieht Andi mit in ihr schäbiges kleines Zimmer, dort angekommen, fühlt er sich zu Sex nicht bereit und beginnt deshalb zu reden. Er erinnert sich an seine unbeschwerte Kindheit auf einem kleinen Bauernhof am Land, an eine Kuh des Nachbarbauern, die Ludmilla hieß, daran, wie seine Mutter den Vater verließ und mit ihm in die Großstadt zog, wo er, elf Jahre alt, lange Zeit nicht zurechtkam. Ludmilla erzählt davon, wie zwei Männer sie vor sieben Jahren in den Straßen Moskaus ansprachen und ihr als Model eine goldene Zukunft im Westen versprachen, kaum in Wien angekommen, wurde sie eingesperrt und ihr der Pass abgenommen. Seitdem arbeitet sie als Prostituierte und kann ihrem

Zuhälter, der sie schlägt, nicht entkommen. Sie zeigt Andi vor, wie gut sie auf dem Laufsteg wäre, zieht sich rote Stöckelschuhe an und stakst nackt vor ihm auf und ab. Schließlich ist Andi genug ausgenüchtert und hat eine Erektion, sie schlafen miteinander, wobei er viel zu schnell kommt. Als er gehen will, verlangt Ludmilla ihren Lohn und es stellt sich heraus, dass er nur fünfzig Schilling in der Tasche hat, den Rest hat er in der Bar versoffen. Andi zieht stolz von dannen, für ihn war es das erste Mal, Ludmilla bleibt frustriert zurück.

In den weiteren Kapiteln trifft Andi, nun schon wesentlich selbstbewusster, auf die Kellnerin Mary, Mary hat ein Vorstellungsgespräch beim jungen Hotelier Albert, Albert wird in seinem Appartement von der jungen Eva besucht, Eva und ihr Gatte Kurt, ein Staranwalt, feiern gemeinsam ihren Hochzeitstag, Kurt verführt in seinem Büro die Jurastudentin Simone, Simone schläft mit dem Rockmusiker Tom am Donauufer, Tom trifft sich in einem entlegenen Gasthaus mit der Filmschauspielerin Nora, Nora wird in ihrer Wohnung vom Konzernmanager Martin besucht.

Im letzten Kapitel erwacht der Konzernmanager stockbetrunken im Zimmer der russischen Prostituierten Ludmilla und kann sich nicht erinnern, wie er hierher kam. Sein dröhnender Kopf erlaubt ihm kaum aufzustehen, außerdem ist ihm übel und schwindlig. Ludmilla serviert ihm im Bett eine Schüssel Borschtsch, die Rote-Beete-Suppe, die sie am Vorabend gekocht hat, setzt sich mit angezogenen Beinen an das Fußende und erzählt ihm den ganzen Vormittag lang von ihrer Kindheit. Sie wuchs ganz im Osten Russlands auf, in einem kleinen Dorf in der Nähe der Stadt Magadan am Ochotskischen Meer, im Winter hatte es dort vierzig Grad minus und nach Kanada war es wesentlich näher als nach Moskau. Ihre Eltern hatten sich dorthin abgesetzt, als Ludmilla fünf Jahre alt gewesen war, sie hatten die Kälte nicht mehr ertragen und sich in der Hauptstadt eine neue Existenz aufbauen wollen. Ab und zu kamen Briefe und das Versprechen, das Kind, das bei der alkoholkranken Großmutter und deren zwanzig Katzen lebte, so bald wie möglich nachzuholen. Dann kamen viele Jahre lang keine Briefe mehr. Mit achtzehn flog Ludmilla nach Moskau, um die Eltern zu suchen. Am Flughafen sprachen sie zwei Männer an, sie hätte nicht nur ein wunderschönes Modelgesicht, sondern auch die dazugehörige Figur, ob sie nicht als Fotomodell im Westen arbeiten wolle, anfangs in Wien, später auch in anderen Städten und vielleicht in Amerika? Ludmilla sagte ohne zu zögern Ja, sie müsse nur zuerst ihre Eltern finden. Sie wurde in einem kleinen Hotelzimmer untergebracht, die Männer versprachen, die Eltern zu suchen, fanden sie aber angeblich nicht und überredeten Ludmilla, erst ein paar Monate lang eine Menge Geld im Ausland zu verdienen und dann zu den Eltern heimzukehren. Einige Tage später kam sie in Wien und auf dem harten Boden der Realität an. Sie wünsche sich nichts mehr, als nach Moskau zurückfliegen zu können und endlich ihre Eltern wiederzusehen. Der Konzernmanager fühlt sich wohl bei der jungen Russin, so wohl wie schon lange nicht mehr, sie serviert ihm noch einen Kräutertee, massiert ihm die Füße. Ihre Geschichte rührt ihn, er verspricht ihr zu helfen, er will ihr durch seine Beziehungen einen neuen Pass beschaffen und ihr bei der Flucht behilflich sein. Schließlich schlafen sie noch einmal miteinander, an die Ausschweifungen der Nacht kann er sich nicht erinnern. Zu Mittag verlässt er das Zimmer und fährt nach Hause, wo seine Geliebte auf ihn wartet, von seiner Frau wurde er schon vor Jahren geschieden. Seine Geliebte überrascht ihn mit einer kleinen Reise, das Auto steht schon vor der Tür, die Sachen sind gepackt. Die beiden fahren in die Berge, an die russische Prostituierte denkt der Konzernmanager nicht mehr.

Mathilda liebte diesen Roman von allen fünf Romanen am meisten, da ihm Schnitzlers *Reigen* als Vorbild gedient hatte und für sie dieses literarische Vorbild die Eintrittskarte in die Beziehung zu Xaver symbolisierte. Wäre Schnitzlers *Reigen* in jener Vorlesung im Mai 1980 nicht besprochen worden, hätte Xaver sie nie angesprochen, um sie nach einem Blatt Papier und einem Kugelschreiber zu bitten; Mathilda fühlte sich seither dem Wiener Arzt und Literaten besonders verbunden.

MATHILDA ERZÄHLT XAVER EINE GESCHICHTE

Als die Sommerferien zu Ende waren und ich wieder unterrichten musste, war ich angespannt, weil ich nicht wusste, wie mein Doppelleben funktionieren würde. Ich musste ihn nun jeden Tag für viele Stunden sich selbst überlassen. Nur nachmittags, abends, in den Nächten und am Wochenende konnte ich bei ihm sein und auch das nicht immer. Ich hatte manchmal im Garten zu tun, ich musste einkaufen gehen und vor allem hätten sich Silvia und meine Arbeitskollegen gewundert, wenn ich gar nichts mehr mit ihnen unternommen hätte. Aufsehen wollte ich unbedingt vermeiden, deshalb behielt ich unsere Leserunden, Wanderungen, Theaterabende bei. Einmal kam nämlich die Polizei vorbei und stellte mir Fragen, sie zogen aber schon nach einer halben Stunde wieder ab.

Es funktionierte im Großen und Ganzen wie am Schnürchen. In den Stunden, in denen ich weg war, durfte er auf einem Kindersender Filme ansehen, wie immer ohne Ton. Er machte das mit einer Konzentration, als wäre er hypnotisiert. Mit riesigen Augen starrte er in den Apparat und bewegte seinen Oberkörper sanft vor und zurück. Die Zeichentrickfiguren oder Menschen, die laufend den Mund bewegten, ohne dass ein Ton dabei herauskam, imitierte er. Er saß da wie ein Fisch, der verzweifelt nach Luft rang. Auf der Kommode lagen ständig Mal- und Bastelsachen bereit, die er sich nehmen konnte, wann er wollte. Es lief perfekt und meine Angespanntheit ließ schnell nach. Ich war ausgeglichen.

Xaver: Die Geschichte, die du mir da erzählst, wird ja immer unheimlicher.

MATHILDA UND XAVER

Jeder Mensch trägt in sich ein Motiv, ein Thema, das die Partitur und Melodie seines Lebens prägt. Meistens ist es so, dass dieses Motiv stark verwoben ist mit der Herkunft und sich dann über das gesamte Leben ausbreitet und stärker wird. Man schafft es nicht, davon loszukommen, ganz egal, wie sehr man sich bemüht, es zumindest blasser werden zu lassen. Manchen Menschen ist ihr Lebensthema durchaus bewusst, zumindest in gewissen Lebensphasen, manchen wiederum nicht, oft deshalb nicht, weil sie nicht in der Lage sind, es sich einzugestehen. Und oft umspielt ein zweites Motiv das erste und gibt ihm die besondere, persönliche Note.

Welche Motive gibt es? Inges Motiv zum Beispiel war eindeutig die *Treue*, sie lebte sie bis zum Tod und darüber hinaus. Sie war ihrem Mann Thomas treu, er war ihr erster und einziger Geliebter das ganze Leben lang, tatsächlich schenkte sie keinem anderen Mann je einen Gedanken oder einen Blick, und sie war ihrem Sohn treu, für den sie alles tat. Am stärksten jedoch war ihre Treue gegenüber ihren Vorfahren und dem Elternhaus, das ihre Vorfahren ihr anvertraut hatten. Kurz vor ihrem Tod gründete sie kurz entschlossen zusammen mit einer alten Freundin eine Stiftung – sie war Stifterin und Stiftungsvorständin in einem –, und das Vermögen der Stiftung bestand einzig und allein aus dem heruntergekommenen riesigen Haus Schuroth. Nutznießer war Xaver und seine Familie, falls er eine gründen sollte, und Zweck war, dass er das Haus zeitlebens nicht verkaufen durfte, denn das war Inges größte Sorge:

dass ihr Sohn es sofort nach ihrem Tod verscherbeln würde, und das wollte sie mit allen Mitteln verhindern. Nach seinem Tod hätte er das Haus nur einem seiner Kinder vermachen dürfen, falls er jedoch keine Nachkommen zeugen sollte, sollte es eine Autorenvereinigung erhalten. Inges zweites Motiv war eindeutig *Härte*, zu sich selbst und gegenüber anderen, denn ihre Treue war nicht immer liebevoll. Thomas' Motiv war die *Sanftmut*, Marthas war eindeutig *Hass,* das Motiv von Mathildas Vater Paul war *Ergebenheit*.

Mathildas Motiv war *Lebenstüchtigkeit* und sie war sich dessen durchaus bewusst, sie war sogar stolz darauf, lebte ganz dafür. Sie war tüchtig und meisterte ihr Leben. Sie wusste, was sie wollte und steuerte darauf zu. Gab es etwas Erfüllenderes? Ihre gesamte Persönlichkeit bestand aus Lebenstüchtigkeit, aus ihren Poren drang unermüdlich das Credo »Ich vergeude mein Leben nicht, also bin ich!« Da sie nicht wollte, dass man ihr Verbissenheit nachsagte, versuchte sie ihrer Lebenstüchtigkeit einen Hauch von Leichtigkeit und Beschwingtheit zu verleihen, was ihr aber nicht immer gelang, denn ihr zweites Motiv war die *Schwermut*.

In den ersten zehn Jahren in der Schule fehlte sie keinen einzigen Tag, da sie sich lieber mit Bronchitis in den Unterricht schleppte, als sich die Blöße zu geben, sich beim Direktor krankzumelden. Wenn sie merkte, dass ein Schüler oder ein Kollege Probleme hatte, war sie zur Stelle und setzte sich für denjenigen ein und half. Sie war stolz darauf, wenn Leute ihr zu verstehen gaben, dass sie sie für tüchtig hielten, wenn Eltern von Schülern ihr Komplimente machten, sie hätten bisher keine so engagierte Lehrerin, die derart viele verschiedene Methoden im Unterricht verwendete, kennengelernt. Sie achtete auf ein gepflegtes Äußeres und gab sich in der Arbeit, im Freundeskreis, mit Xaver, stets freundlich, fröhlich und optimistisch, obwohl es in ihrem Innersten oft ganz anders aussah. Das Bild ihrer Mutter hatte sich tief in ihr Innerstes eingegraben: fett, schlecht riechend, grantig, energielos, mit öligen Haaren und schmutziger Kleiderschürze auf dem Sofa sitzend. Mathilda wollte das absolute Gegenteil ihrer Mutter sein und handelte jeden Tag danach. Es war wie ein Zwang; sich gehen zu lassen war eine Todsünde. Selbst am Wochenende und in den Ferien war Mathilda tüchtig, entweder wurde für die Schule vorbereitet und korrigiert, oder es wurden Freizeitbeschäftigungen geplant und organisiert, man wanderte, fuhr Rad, ging ins Theater, in Ausstellungen, man lungerte nicht herum.

Nur bei Xaver konnte sie nie richtig punkten mit ihrer Lebenstüchtigkeit, und sie litt darunter.

MATHILDA ERZÄHLT XAVER EINE GESCHICHTE

Eigentlich waren die Jahre zwischen seinem zweiten und dem achten Geburtstag am schönsten. Danach wurde alles schwieriger. Er wurde körperlich immer stärker und hatte plötzlich unkontrollierte Wutanfälle. Am schlimmsten waren sie, wenn ich zur Tür hinaushuschen musste, und er schlief nicht, weil zum Beispiel jemand oben an meiner Haustür stand und klingelte. Er wollte mich nicht gehen lassen, nein, eigentlich wollte er mich gehen lassen, aber unbedingt mitkommen. Die Welt außerhalb seiner kleinen Wohnung wollte er kennenlernen und verstand nicht, warum er das nicht durfte. Ich schaffte es fast nicht mehr, die Tür einen Spalt zu öffnen, mich durchzuschieben und sie von außen wieder zu verriegeln. Er klammerte sich an mich, schlug auf mich ein, biss mich in Arme und Beine und ich wusste mir nicht anders zu helfen, als zurückzuschlagen. Diese Kämpfe waren für uns beide furchtbar. Ich musste mir tatsächlich einen Baseballschläger anschaffen und mit ihm in der Hand die Wohnung betreten und auch wieder verlassen. Nach ungefähr einem Jahr ließ er sich selbst von dieser Waffe nicht mehr abschrecken und verfolgte mich bis zur Tür. Einmal schlug ich so fest auf seine linke Hand ein, dass seine Fingerknöchel wahrscheinlich dabei gebrochen wurden, die ganze Hand war wochenlang violett angeschwollen. Bis heute kann er sie nicht mehr richtig bewegen, sie wirkt steif und verkrüppelt.

Xaver: Hör auf, Mathilda, das ist ja grauenhaft!

Daraufhin musste ich mir etwas einfallen lassen. Ich war immer davor zurückgeschreckt, doch gab es nun keine andere Möglichkeit mehr: Als er schlief, wickelte ich das eine Ende der dünnen Eisenkette fest um sein Fußgelenk und verschloss sie mit einem Sicherheitsschloss. Das andere Ende hängte ich in den Ring, den ich vorsorglich in die Mauer eingemauert hatte, schon bevor ich ihn heimgeholt hatte. Auch hier verschloss ich das Ganze mit einem Sicherheitsschloss. Mit dieser Kette kann er sich in der ganzen Wohnung frei bewegen, er kommt in das Badezimmer, in das Schlafzimmer, in die Wohnküche und in den Gang, nur bis zur Tür kommt er nicht. Ich berechnete die Länge der Kette und den Standort des eingemauerten Ringes sehr genau. Er muss einen Meter vor der Tür stehen bleiben. Wenn er seine Arme ausstreckt, berührt er die geöffnete Tür mit den Fingerkuppen und kann hinaus in meinen Keller sehen. Wenn ich gehe, steht er mit ausgestreckten Armen da und lässt seine unartikulierten Schreie auf mich niederprasseln. Außerdem begann ich, ihm Sedativa zu verabreichen, da war er ungefähr zehn. Es ging einfach nicht anders.

Ich schlafe nicht immer bei ihm, so wie ich es früher tat, als er klein war. Wenn die gemeinsamen Stunden für mich aufreibend und anstrengend waren, verlasse ich ihn. Nur wenn wir einen ruhigen, angenehmen Abend hatten, lasse ich mich von ihm an der Hand zum großen Bett ziehen, und das ist so ungefähr drei bis vier Mal in der Woche. Ich genieße es, ihn im Schlaf zu beobachten. Ich streichle seine schwarzbraunen Locken, die so dicht und kaum zu bändigen sind. Immer noch schläft er mit seinen alten zusammengeknüllten Sachen, ohne sie kann er nicht einschlafen. Er presst sie fest an seinen Hals, an seine Wangen. Es sind das blaue T-Shirt mit dem Traktor darauf und die Jeanslatzhose, die er trug, als ich ihn heimholte.

Xaver: Ein blaues T-Shirt mit einem Traktor darauf? Eine Jeans-latzhose? Das ..., das waren die Sachen, die Jakob getragen hat, als er entführt wurde!

Mathilda: Ja.

Xaver: Was erzählst du mir da die ganze Zeit? Die Ich-Figur holt ein Kind heim, lässt es ohne Sprache aufwachsen, bindet es mit einer Eisenkette an, vögelt mit ihm, obwohl er erst sechzehn ist?

Mathilda: Er wird erst im Oktober sechzehn.

Xaver: Du willst damit sagen, du hast Jakob entführt??

Mathilda: Dein Sohn ist ein guter Liebhaber.

Xaver: Hör auf damit, Mathilda, du hast eine kranke Fantasie!! Du hast Jakob nicht entführt!!

Mathilda: Warum bist du dir da so sicher?

Xaver: Okay, du hast gewonnen, geht es dir darum? Du hast die wesentlich bessere Fantasie als ich! Eigentlich hättest du die Schriftstellerin sein sollen. Zufrieden?

Mathilda: Mehr hast du dazu nicht zu sagen? Du willst nicht die Polizei verständigen? Ihn gar nicht sehen?

Xaver: Du weißt aus den Medien, welche Sachen er bei der Entführung getragen hat!

Mathilda: Ich weiß es nicht nur aus den Medien.

Xaver: Ich glaube dir kein Wort!!

Mathilda: *Wieso* glaubst du mir kein Wort? Sag es mir, Xaver! Wieso reagierst du so? Jeder andere Mann in deiner Situation würde sich diese Pistole hier in der Vitrine schnappen, die Polizei anrufen und in den Keller laufen oder umgekehrt!

Xaver: Mir kommt das Ganze dermaßen absurd vor!! Als hätte ich einen Albtraum!

Mathilda: Du hast seit vierzehn Jahren Albträume, nicht wahr?

Xaver: Wo soll er sein?

Mathilda: Unter uns. In Tante Marias Bunker.

Xaver: In Tante Marias Bunker??

Mathilda: Ja. Ich hab dir doch von dem Bunker erzählt. Sie hat ihn sich nach der Katastrophe in Tschernobyl bauen lassen.

Xaver: Du hast eine kranke Fantasie!

Mathilda: Vermutlich malt er gerade.

Xaver: Du bist krank!

Mathilda: Du wiederholst dich. Willst du ihn nicht sehen?

Xaver: Beschreibe ihn mir!

Mathilda: Er ist groß, schon einen Meter fünfundsiebzig, und er wiegt sechzig Kilo, ich messe und wiege ihn jede Woche. Er sieht dir ähnlich, Xaver, er hat die gleichen dunklen Locken wie du und die gleiche schlaksige Figur.

Xaver: Er sieht mir nicht ähnlich!!

Mathilda: Warum? Weil er als Kind blond war? Seine Haare sind dunkel geworden.

Xaver: *Hör jetzt auf mit diesem Spiel!!* Wir haben uns gegenseitig Geschichten erzählt wie früher, ich gebe zu, deine war sehr gruselig und spannend, aber jetzt will ich wirklich aufhören!!

Mathilda: Er hat deine Wangengrübchen.

Xaver: *Er hat nicht meine Wangengrübchen!! Hör auf jetzt!!* Stopp! Cut! Unser Spiel ist aus, mir ist das jetzt eindeutig zu viel! Die Geschichten sind fertig erzählt!

Mathilda: Sind sie nicht.

Xaver: Wieso tust du das, Mathilda?

Mathilda: Du meinst, warum ich ihn entführt habe? Ist das Motiv nicht klar? Kaum warst du erfolgreich, erfolgreich wegen mir, wegen meiner Idee, warst du weg! Weg! Einfach verschwunden! Ich wollte mich rächen an dir! Das Kind, das ich mir so sehr gewünscht habe, hast du einer anderen gemacht!

Xaver: Mathilda, es tut mir alles so leid, ich habe dir das

schon oft genug gesagt. *Es tut mir leid! Aber Jakob ist nicht in deinem Keller!* Und wenn du weiterhin Femme fatale spielen willst, bitte, nur zu, das kannst du alleine machen, ich gehe jetzt ins Hotel!

Mathilda: Warum bist du dir so sicher, dass Jakob nicht in Tante Marias Bunker ist? Sag es mir, Xaver! Was ist damals wirklich passiert?

Xaver: Was??

Mathilda: Erinnerst du dich an die besondere Variante unseres Spiels? Jeder hat dem anderen den passenden Schluss für seine Geschichte erzählt. Du musst mir jetzt noch einen passenden Schluss für meine Geschichte erzählen und dann möchte ich, dass du zur Polizei gehst.

Xaver: *Ich gehe nicht zur Polizei! Du hast Jakob nicht entführt!*

Mathilda: Ich meine damit, dass du dich stellen solltest, Xaver! Aber vorher musst du mir noch den passenden Schluss für meine Geschichte erzählen!

Xaver: Was redest du da?

Mathilda: *Erzähl es mir!! Wie sehr muss ich dich noch mit meiner Geschichte provozieren?* Erzähl mir die Wahrheit und stell dich dann der Polizei, damit das Ganze endlich vorbei ist und du wieder ein Leben hast!!

MATHILDA UND XAVER

Xavers Motiv war die Eitelkeit, und er war sich in seltenen Momenten dessen bewusst. Seine Eitelkeit war der Grund, weshalb er sich bewusst entschied, Schriftsteller zu werden und nichts anderes. Er war neun, als er vor einem großen Publikum seine preisgekrönte Geschichte vorlesen durfte und er genoss jede Minute hinter dem Mikrofon und jeden einzelnen Blick aus dem Zuschauerraum, er war nicht nervös wie die anderen Kinder, er fühlte sich nur stolz und unbesiegbar. Nach diesem Tag interessierte er sich mehr für das schriftstellerische Hobby seines Vaters und war dann öfter bei dessen Lesungen und auch bei Lesungen von anderen Schriftstellern dabei.

Ihm fiel auf, dass viele Leute mit glänzenden Augen vor dem lesenden und sprechenden Schriftsteller – quasi zu seinen Füßen – saßen und diesen anhimmelten. Vor allem Frauen hingen an den Lippen des Schriftstellers, als hätte jedes Wort von ihm etwas Göttliches an sich, als wollten sie jedes seiner Worte in sich aufsaugen. Einmal hörte er eine mondän gekleidete Frau nach einer Lesung zu ihrer Freundin sagen: »Oh mein Gott, ist der Mensch interessant und er hat so viel zu sagen!« Der siebzehnjährige Xaver dachte bei sich: Das ist von nun an mein Ziel, dass Leute einmal so etwas über mich sagen! Da aber Zielstrebigkeit nicht zu seinen Eigenschaften gehörte, rückte dieses Ziel lange nicht in erreichbare Nähe.

Ein zweiter Grund, weshalb sich Xaver bewusst für die Schriftstellerei entschied, war seine Abneigung gegenüber harter, körperlicher Arbeit. Inge wollte, dass ihr Sohn lernte, was es bedeutete, schwer zu arbeiten, und so musste Xaver in den Sommerferien einen Monat lang bei einem Bauern im Dorf arbeiten, und einmal half er mehrere Wochen lang seinem Vater und einem Maurer beim Umbau des Hauses, als die Schusterei stillgelegt wurde. Schwitzend und fluchend schuftete er in der Hitze und wusste, er war dafür nicht geschaffen, die Arbeit widerte ihn an. Er könnte kein Bauer, Bauarbeiter oder sonst irgendein schwer arbeitender Mann sein, er fühlte sich dabei so unwohl, dass ihm manchmal sogar übel und schwindlig wurde. Er bedauerte die Männer im Dorf, die fast alle einer körperlichen Arbeit nachgingen, die, wenn sie am Abend heimkamen, verschwitzt, verdreckt und vor allem so müde waren, dass an eine sinnvolle Freizeitgestaltung nicht mehr zu denken war. Sie hatten nicht nur schwere Arbeit zu leisten, sondern auch eine große Verantwortung zu tragen, der Kredit für das Haus musste abbezahlt, die Kinder ernährt und die Frau zufrieden gestellt werden. Solch ein Leben wollte er auf keinen Fall führen.

Seine Eitelkeit verschaffte ihm viele Rollen, die er zu spielen hatte, doch es war ihm nicht bewusst. Vor seiner Mutter war er der liebevolle Sohn und ehrgeizige Student, er wollte, dass sie vor ihren Freundinnen nur Gutes über ihn zu sagen hatte. Deshalb fuhr er öfter nach Hause als ihm der Sinn danach stand, er absolvierte ungefähr alle zwei Monate seinen Pflichtbesuch, brachte Blumen mit, war aufmerksam, bekochte sie; auf Diskussionen, endlich in Schuroth einzuziehen, ließ er sich nicht ein, da er sie nicht verletzen wollte. Er sagte ihr nie die Wahrheit, dass er im Grunde das Haus nicht ausstehen konnte, dass er gar nicht richtig studierte. Er stritt mit Mathilda darüber, nicht mit seiner Mutter.

Vor den wenigen Professoren, bei denen er eine mündliche Prüfung ablegte, zeigte er sich als der alles in Frage stellende Philosoph, vor seinen Freunden war er der intellektuelle Künstler, der sich mit Politik beschäftigte und sich für die Umwelt oder bedrohte Asylanten einsetzte. Er stand tagelang in der Hainburger Au als Demonstrant und arbeitete eine Zeit lang ehrenamtlich bei Amnesty International mit. Vor den Frauen war er der sanfte, interessante Schriftsteller.

Denn Xavers Eitelkeit bestimmte nicht nur seinen Berufswunsch, sondern trieb ihn auch rastlos zu einer Frau nach der anderen, er liebte und brauchte sie. Er brauchte die Momente, in denen ihn die Frau mit überschäumender Verliebtheit, mit wissbegierigem und verschlingendem Interesse ansah, er sehnte sich danach und konnte ohne sie nicht sein. Xaver wollte sich in den verliebten Augen der Frauen sonnen, so wie er sich in der Kindheit in den Augen seiner Mutter gesonnt hatte.

Er sah gut aus, besaß Charme und die Frauenherzen flogen ihm zu, ab sechzehn hatte er ein reges Sexualleben, meistens mit Frauen, die älter waren als er. Die Frauen himmelten ihn an, sie konnten es kaum glauben, wenn er erzählte, er wolle Schriftsteller werden und später, er sei Schriftsteller. Da er dann in seiner Karriere nicht so erfolgreich war, dass er sich bei zahlreichen Lesungen in den Augen seines Publikums hätte sonnen können, musste er mit der kleinen Bühne der zweisamen Affäre vorliebnehmen. Nach ein paar Treffen kühlten Verliebtheit und Bewunderung ab und die Frauen begannen, Xaver ihr Leid zu klagen, sie jammerten über ihre Partner oder Expartner, über ihre schwierige Kindheit, über ihre schwierigen Kinder. In den Geschichten, die sie erzählten, ging es zumeist um das Verlassen und Verlassenwerden, die Angst davor, die Einsamkeit danach.

Wenn Xaver die Geschichten einer Frau interessant fand, traf er sie länger, wenn nicht, brach er das Verhältnis sofort ab. Monotones Beklagen über das knappe Haushaltsgeld oder über die Eltern, die der Tochter mit achtzehn kein eigenes Auto geschenkt hatten, konnte er absolut nicht leiden, oft stand er dann vom Bett auf und begann sich anzuziehen, während die Frau noch redete. Er wollte von echten Tragödien hören, sie waren der zweite Grund, warum Xaver sich mit vielen Frauen traf. Er liebte es, Geschichten von fremden Leben zu hören und sortierte beim Zuhören schon aus, welche für sein Schreiben nützlich sein konnten und welche nicht. Verliebte Frauen erzählten nach einer leidenschaftlichen Begegnung liebend gern alle möglichen Familientragödien und Familiengeheimnisse der Vergangenheit und Gegenwart. Manchmal machte er sich auch Notizen über diese Geschichten, für den Fall, dass er dafür später einmal in einem Roman Verwendung haben sollte. (Er hatte kaum jemals Verwendung für eine dieser Geschichten, die er sammelte, dennoch hörte er sie gerne und spielte gedanklich damit herum. Überhaupt hörte er lieber Geschichten, als sie aufzuschreiben, eine denkbar ungünstige Voraussetzung für einen Schriftsteller.)

Als Xaver Mathilda traf, hätte er nicht mehr sagen können, wie viele Frauen er bereits geliebt hatte. Er wollte es auch nicht sagen und behauptete ihr gegenüber, es hätte bisher drei Freundinnen gegeben. Sie kam ihm so ernsthaft vor und er wollte ihr gefallen, wollte vor ihr nicht als der oberflächliche Frauenschwarm dastehen. So war von Anfang an die Lüge ein Dauergast in ihrer Beziehung.

Xaver ahnte bereits am Anfang ihrer Beziehung, dass sie für ihn und seine Karriere von großem Nutzen sein konnte, denn wie kein anderer verstand sie es, ihn zum Schreiben und Weiterschreiben zu motivieren. Er war kein schlechter Mensch, es war keineswegs so, dass er sie bewusst ausnutzen wollte, denn er liebte sie wirklich, er bewunderte ihre Energie und Strukturiertheit, profitierte in den ersten Jahren sehr davon und ließ sich mitreißen. Außerdem rührte ihn ihre übermäßige Liebe und ihre Bewunderung, in der er sich viele Jahre lang sonnte. Bei allen anderen Frauen war dieses Strahlen in den Augen, wenn sie ihn ansahen, bereits nach wenigen Begegnungen erloschen, das Interesse und die Verliebtheit abgekühlt, bei Mathilda hielt es unglaublich lange an. Und das machte es Xaver möglich, ihr neun Jahre lang treu zu sein.

Warum zogen sich nun *Lebenstüchtigkeit* und *Eitelkeit* an, wie konnte das geben? Warum verliebten sie sich ineinander? Das fragte sich vor allem Mathilda später oft, zu einem Zeitpunkt, als sie hinter seine Affären gekommen war und darunter sehr litt. Es war, weil Xaver dasselbe zweite Motiv hatte wie Mathilda, nämlich die *Schwermut*. Und weil sie beide eine *melancholy* gemeinsame Leidenschaft hatten: die Liebe zur Literatur, zum Geschichtenhören und Erzählen, zum Fantasieren.

Xaver wollte zwar mit anderen Frauen schlafen, ihre Geschichten hören, aber mehr nicht, von sich erzählen wollte er nur Mathilda und zusammenleben wollte er nur mit Mathilda, denn nur von ihr fühlte er sich richtig verstanden. Seine liebsten Tageszeiten waren der Abend und die angehende Nacht, wenn Mathildas Stimme leise, ruhig und nicht mehr so schrill war, wenn sie gemeinsam kochten, zu Abend aßen, wenn es warm war auf dem Balkon, wenn sie gemeinsam im Arbeitszimmer arbeiteten, er an seinem jeweiligen Roman, sie an den Stundenvorbereitungen, wenn sie gemeinsam auf dem Sofa lagen und sich gegenseitig von ihrem Tag erzählten.

XAVER ERZÄHLT MATHILDAS GESCHICHTE NEU

Xaver: Ich werde dir nicht nur einen passenden Schluss für deine Geschichte erzählen, ich werde dir die ganze Geschichte neu erzählen, sie soll *Die Deutschlehrerin* heißen. Du kannst mir gerne dabei helfen und etwas ergänzen, wenn du willst.

Mathilda: Einverstanden.

Xaver: Mehr als sechzehn Jahre lang sind sie ein Paar, der Schriftsteller und die Deutschlehrerin, und in den Augen ihrer Freunde das Traumpaar schlechthin. Sie verstehen sich gut, sie lieben Bücher, sie reden gerne und sie erzählen sich täglich Geschichten, manchmal *spielen* sie sie auch. Die einzige Schwierigkeit in dieser Beziehung ist, dass sich der Schriftsteller nach Erfolg sehnt, der ausbleibt, und sich die Deutschlehrerin ein Kind wünscht, das ihr aber der Schriftsteller aus Existenzängsten verwehrt. Ansonsten sind sie glücklich, zumindest glauben sie es.

Mathilda: Ihr Glück liegt in der Abhängigkeit voneinander: Der Schriftsteller braucht die Deutschlehrerin, um überhaupt leben zu können, im finanziellen Sinne, denn sie bezahlt den Großteil der Rechnungen, und die Deutschlehrerin braucht den Schriftsteller ebenfalls, um überhaupt leben zu können, im emotionalen Sinne, denn sie liebt ihn abgöttisch.

Xaver: Die Deutschlehrerin hat so viele Komplexe, dass sie nicht sieht, dass der Schriftsteller sie wirklich liebt, und sich einredet, dass er sie ausnützt. Eines Tages hat der Schriftsteller die zündende Idee für eine Jugendbuchtrilogie, die er dann innerhalb von eineinhalb Jahren niederschreibt.

Mathilda: Wie trügerisch die Erinnerung ist. Die Deutschlehrerin liefert ihm die zündende Idee für eine Jugendbuchtrilogie, die sie dann gemeinsam innerhalb von eineinhalb Jahren niederschreiben.

Xaver: Ein großer Verlag nimmt die Trilogie an und über Nacht wird aus dem erfolglosen Schriftsteller ein überaus erfolgreicher, der in aller Munde ist.

Mathilda: Der Kreislauf der Abhängigkeit ist somit durchbrochen und der Schriftsteller verlässt eines Morgens die Deutschlehrerin, ohne sich zu verabschieden. Diese erleidet einen schweren Nervenzusammenbruch, als sie kurze Zeit darauf erfährt, dass er eine wohlhabende Hoteliierstochter aus der Promiszene heiratet, die von ihm schwanger sein soll.

Xaver: Der Schriftsteller verliebt sich in eine andere Frau, oder zumindest glaubt er verliebt zu sein, und verlässt die Deutschlehrerin. Er wird es bereuen, sein ganzes Leben lang. Sein Glück mit der neuen Frau ist nur von kurzer Dauer: der eineinhalbjährige Sohn Jakob wird entführt und nie wieder gefunden. Seine Ehe geht darauf in die Brüche, da sich seine Frau von der Tragödie nicht erholt, seine weiteren Romane sind wieder erfolglos. Er lebt in Berlin, kann nicht schreiben, trinkt viel zu viel, hat eine unglückliche Beziehung nach der anderen und stürzt immer mehr ab. Nach vielen Jahren, er ist bereits über fünfzig, stirbt seine Mutter und er ergreift diese Chance, ein neues Leben anzufangen, er zieht in sein Elternhaus ein, beginnt es zu renovieren und fängt endlich wieder einmal einen Roman an. Aber glücklich ist er nicht, er verliert sich in Tagträumen über die Vergangenheit und über den Sinn des Lebens.

Mathilda: Er suhlt sich in seinem Selbstmitleid.

Xaver: Die Deutschlehrerin zieht in eine andere Stadt, um vergessen zu können, was ihr aber nicht gelingt, sie ist eine tief verletzte Frau und schafft es nicht, eine längere Beziehung zu haben. Sie suhlt sich in ihrem Selbstmitleid. Ihr Leben verläuft ruhig und einsam und eines Tages erhält sie die Diagnose im Krankenhaus, dass sie an einer unheilbaren Krankheit leidet und nicht mehr lange zu leben hat, höchstens einige Monate. Einmal noch will die Deutschlehrerin den Schriftsteller sehen, bevor sie stirbt. Sie hat mit ihm eine Rechnung offen. Sie fädelt alles geschickt ein, indem sie eine Bekannte vom Landesschulrat bittet, genau diesen Schriftsteller für eine Schreibwerkstatt ihrer Schule zuzuweisen. Der Schriftsteller soll nämlich glauben, dass ihr Wiedersehen auf einem Zufall beruht.

Mathilda: Du wirst immer besser.

Xaver: Stimmt das vielleicht?

Mathilda: Könnte sein.

Xaver: Die Deutschlehrerin und der Schriftsteller verbringen eine intensive Woche miteinander, in der sie viel reden, auch streiten, sich Geschichten erzählen und sich wieder nahekommen. Dem Schriftsteller erscheint die Deutschlehrerin wie eine völlig andere Frau, geheimnisvoll, sinnlich, gelassen, stark. Sie spielen ein altes Spiel, das sie früher oft gespielt haben, jeder erzählt dem anderen eine Geschichte, »häppchenweise«, über mehrere Tage hinweg. Alles läuft nach Plan. Der Schriftsteller erzählt von seinem nächsten Roman, die Deutschlehrerin erzählt die Geschichte einer Entführung, die dem Schriftsteller immer abstruser vorkommt, man denkt dabei an Kampusch und auch an Fritzl; allerdings hat sie die Geschlechter vertauscht: Eine Frau entführt ein männliches Kind, hält es im Bunker in ihrem Keller gefangen und missbraucht es sexuell. Das brisante Detail dabei ist, dass sie es ohne Sprache aufwachsen lässt, was der Schriftsteller zunächst nicht versteht. Erst als er allmählich begreift, dass es die Geschichte seines entführten Sohnes sein muss, versteht er auch das. Die Sprache war enorm wichtig zwischen dem Schriftsteller und ihr, dem Kind soll sie vorenthalten sein. Dem Schriftsteller fällt es wie Schuppen von den Augen: Die

Deutschlehrerin hat damals aus Rache seinen Sohn entführt! Er rastet völlig aus, schreit herum, er will sofort zur Polizei, die Deutschlehrerin hält ihm plötzlich die Walther 9 ihrer Tante Maria unter die Nase und will mit ihm in den Keller gehen. Der Schriftsteller hat Angst, dass sie ihn ebenfalls in den Bunker sperren wird. Es kommt zu einem Gerangel, in dem der Schriftsteller die Pistole an sich reißen kann und er in Notwehr die Deutschlehrerin erschießt. Wie von Sinnen läuft er in den Keller, um seinen Sohn aus dem Bunker zu befreien, und –

Mathilda: Und?

Xaver: Er findet gar keinen Bunker, die Geschichte war tatsächlich erfunden! Was er findet, ist das Buch *Der Graf von Monte Christo*, dieser enorme Racheschinken von Dumas, den sie als Jugendliche verschlungen hat. Das Buch soll ihm zeigen, dass er einem ausgeklügelten Racheplan zum Opfer gefallen ist. Außerdem findet er einen Abschiedsbrief, in dem sie ihm noch einmal ihre große Liebe gesteht und ihre enorme Verletzung beschreibt.

Mathilda: Der Brief ist äußerst pathetisch.

Xaver: Das versteht sich von selbst. Die Deutschlehrerin liegt also blutüberströmt in ihrem stilvoll eingerichteten Wohnzimmer und stirbt, auf ihren Lippen der Name des Schriftstellers. Sie wollte den qualvollen Tod nicht abwarten, wollte von ihm erschossen werden, quasi durch seine Hand sterben. Außerdem hat sie ihre Rache, der Schriftsteller kommt nämlich wegen Mordes ins Gefängnis. Zwei Fliegen mit einer Klappe.

Mathilda: Grandioser Schluss. Und wo ist das entführte Kind?

Xaver: Das weiß immer noch niemand. Auf alle Fälle ist es nicht im Bunker der Deutschlehrerin.

Mathilda: Warum kann der Junge nicht im Bunker der Deutschlehrerin sein?

Xaver: Weil sie ihn nicht entführt hat.

Mathilda: *Und warum hat sie ihn nicht entführt?* Sag es mir, Xaver!

Xaver: Die Frage lautet: Wozu ist der Mensch fähig? Sie war offensichtlich nicht fähig dazu. Sie wollte ihn entführen, hat es sich hundert Mal vorgestellt, in ihrer Fantasie ausgemalt, konnte es aber nicht.

Mathilda: War es nicht auch die Vermutung des Schriftstellers? Hat er nicht der Polizei den Tipp gegeben, seine Exfreundin, die Deutschlehrerin, könnte Jakob entführt haben, aus Rache, weil er sie verlassen hat?

Xaver: Mathilda –

Mathilda: Zumindest hat die Polizei das ihr gegenüber angedeutet, als sie vor vierzehn Jahren bei ihr aufgetaucht sind und sie zum Verhör mitgenommen haben und ihr ganzes Haus auf den Kopf gestellt haben.

Xaver: Mein Gott, Mathilda, das tut mir so leid! Ich habe nichts davon gewusst, das musst du mir glauben! Den Tipp haben sie nicht von mir bekommen, sie werden sich das selbst gedacht haben.

Mathilda: Möchtest du mir nicht den richtigen Schluss erzählen, bevor ich dich zur Polizei begleite? *Das hat doch keinen Sinn!* Du wirst weiterhin nicht zur Ruhe kommen, dein ganzes Leben nicht. Du wirst weiterhin schweißnass vor Angst in den Nächten aufwachen, weil du glaubst, ihn schreien zu hören.

Xaver: Es gibt keinen richtigen Schluss! Es ist nur eine Geschichte! Was ist los mit dir?

Mathilda: Falsche Antwort. Es ist mehr als eine Geschichte, es ist das Leben. Und ich werde dir jetzt erzählen, warum ich weiß, dass an der ganzen Entführungssache etwas nicht stimmen kann.

MATHILDA UND XAVER

»Das wirkliche Leben des Einzelnen bedeutet eigentlich gar nichts, wichtig sind die Geschichten, die es schreibt und die davon zurückbleiben«, sagte Xaver einmal zu Mathilda, »und ich meine damit nicht irgendwelche Geschichten wie zum Beispiel ›Sie hat ihr ganzes Leben lang geschuftet und dann ist sie gestorben‹. Der Satz wird eines Tages auf meine Mutter zutreffen. Ich meine damit gute, berührende, spannende Geschichten, die den nachfolgenden Generationen im Gedächtnis hängenbleiben, die man nicht vergessen kann und die man weitererzählt. Wichtig ist nie das Leben selbst, es verpufft in unserem Weltall wie ein Hauch, wichtig sind die bleibenden Geschichten. Je berührender und mitreißender eine Geschichte ist, an die man sich erinnert und die weitererzählt wird, umso lebenswerter wird im Nachhinein dieses Leben. Oft überdauern solche Geschichten viele Generationen, sie bleiben auf der Welt länger als dieses Leben selbst gedauert hat! Ist das nicht ein Wahnsinn? Warum finden die Menschen es so erstrebenswert, Kinder in die Welt zu setzen, um der Nachwelt erhalten zu bleiben? Es sollte erstrebenswerter sein, eine Wahnsinnsgeschichte zu hinterlassen! Es ist die Aufgabe der Schriftsteller, solche Geschichten zu finden und aufzuschreiben, denn die Menschen brauchen sie. Stell dir ein Leben ohne Geschichten vor! Die Menschen brauchen sie, um sich daran orientieren zu können. Entweder fühlen sie sich beim Zuhören in etwas bestätigt oder sie geben ihnen Mut, selbst etwas zu tun oder zu ändern, oder sie berühren und unterhalten sie einfach.«

»Aber die traurigen Geschichten bleiben eher im Gedächtnis als die lustigen, das hieße dann, der Mensch müsste eine Menge Schicksalsschläge einstecken, nur damit der Nachwelt eine erzählenswerte Tragödie erhalten bleibt«, wandte Mathilda ein.

»Da hast du leider recht. Die Geschichten von tragischen und – auch kuriosen – Schicksalsschlägen bleiben eher im Gedächtnis der Menschen hängen. Und weißt du, was überhaupt das Tragischste in jedem Leben ist?«

»Nein«, antwortete Mathilda.

»Das Tragischste ist, dass jeder Mensch sein Leben nur einmal leben kann. Ich finde, das ist so, als hätte man gar keines. Viele entscheiden sich als junge Menschen einfach für einen komplett falschen Lebensweg und kommen dann im Alter darauf, dass sie ihr Leben vermasselt haben. Ist das nicht wie eine Farce, wie ein schlechter Witz? Hurra, ich sterbe bald und mein Leben war einfach nur *Scheiße!* Warum glaubst du, ist das so?«

»Weil man leider oft erst rückblickend erkennt, was einem gutgetan hätte, und weil leider oft erst im Alter die Weisheit diesbezüglich kommt.«

»Das ist gut, ja so ist es! Aber warum hat man denn als junger Mensch diese Weisheit nicht? Ist das nicht ungerecht? Weißt du, wie ich mir vorstelle, dass es dazu gekommen ist?«

»Nein, aber du wirst es mir sicher erzählen«, lachte Mathilda.

»Was war zuerst, das Leben oder Geschichten? Ich nehme an, Geschichten! Gott saß in seinem Himmelsreich und erzählte seinen Engeln eine Unmenge von erfundenen Geschichten, es waren Geschichten von ungehorsamen Wolken, Sternen, vom Wind, vom leeren Planeten Erde und all den anderen Planeten im All.

Eines Tages ging ihm der Stoff aus und deshalb erschuf er den Menschen! Weil er Geschichten brauchte, die ihn unterhielten und die er erzählen konnte. Nicht nur den Engeln war langweilig, auch ihm selber. Er erfand also den Menschen und als besondere Perfidie dachte er sich aus, dass sie ihr Leben nur einmal leben können, damit die jeweilige Geschichte, die durch ein Menschenleben entsteht, umso dramatischer und spannender ist. Er saß vor dem Planeten Erde, sah den Menschen bei ihrem Treiben zu und hatte seinen größten Spaß daran, zu sehen, wie sich viele von ihnen selbst ins Unglück ritten, weil sie in ihrem Leben falsche Entscheidungen trafen! Er lachte sich kaputt dabei! Das erste und beste Beispiel dafür ist ja bekanntlich Eva und der Apfel. Wie gerne hätte Eva ihre Entscheidung, auf die hinterhältige Schlange zu hören, revidiert! Aber es ging nicht. Und bei jedem einzelnen Menschen geht es nicht, hat er einmal eine Entscheidung getroffen und lebt diese – wobei ich jetzt eine große Entscheidung meine, nicht was er zu Mittag essen soll –, ist sie unwiderruflich getroffen! Das Leben geht dann seinen verdammten Lauf.«

»Ich finde aber gerade das macht jedes Leben so einzigartig. Wenn jeder von uns einen Knopf hätte, mit dem er die Zeit zurückdrehen könnte, um Entscheidungen rückgängig zu machen, würde man ständig nur auf diesen Knopf drücken! Stell dir das vor.«

»So ein Knopf wäre natürlich nichts Gutes. Aber jeder Mensch hat eine zweite Chance verdient! Im Alter hat man die Erkenntnis darüber, was man falsch gemacht hat und was gut war, und dann soll man – anstatt zu sterben – über eine Schwelle treten dürfen und sagen, ich wäre gerne noch einmal zwanzig oder fünfzehn oder siebenundzwanzig, je nachdem, ab wann man glaubt, sein Leben wiederholen zu wollen. Dann darf jeder noch einmal sein Leben leben, aber als der Mensch, als der man geboren wurde, niemand hat andere Bedingungen als die im ersten Entwurf, lediglich das Bewusstsein, was man im ersten Entwurf falsch gemacht hat. Man startet also seine zweite Chance mit der Weisheit, mit der man seine erste beendet hat. Das wäre doch fair, oder? Im Leben hört man so oft: In Ordnung, du hast eine zweite Chance verdient!, oder: Du bekommst eine zweite Chance! Warum sollte das nicht auch für das Leben selbst gelten?«

MATHILDA ERZÄHLT XAVER DIE WAHRHEIT

Mathilda: 1995 sind der Schriftsteller und die Deutschlehrerin bereits fünfzehn Jahre zusammen und schreiben gemeinsam die Jugendbuchtrilogie *Engelsflügel, Engelskind, Engelsblut.* Sie sind dabei so glücklich wie schon lange nicht mehr. Der Schriftsteller findet für die Jugendbuchtrilogie einen großen deutschen Verlag und er verspricht der Deutschlehrerin Heirat und Kinder für das kommende Jahr. Sie hat sich beides schon jahrelang gewünscht. Er sagt, er fühle sich endlich bereit dafür. Die Bücher erscheinen und sind von Anfang an ein großer Erfolg, der Schriftsteller ist viel unterwegs und verdient eine Menge Geld. Eines Tages ist er mitsamt seinen Sachen aus der Wohnung verschwunden. Wohin er gegangen ist, weiß die Deutschlehrerin nicht, für sie ist er unauffindbar. Ein paar Wochen später heiratet er eine um zwei Jahre ältere, reiche Hotelierstochter in Deutschland, deren neuestes Hobby es gerade ist, sich in die Natur zurückzuziehen und einen Bauernhof zu bewirtschaften. Die beiden sollen außerdem bald ein Kind bekommen. Die Deutschlehrerin erfährt alles aus einer Zeitschrift, die eine Schülerin vor sich liegen hat. Sie bricht zusammen und kommt in eine Nervenheilanstalt, in der sie sieben Monate verbringt.

Xaver: Was??

Mathilda: Vor dem Lehrerpult muss sie ohnmächtig geworden sein. Als sie aufwacht, liegt sie auf der Liege im Besprechungszimmer der Schule, dort, wo immer die erkrankten Schüler liegen. Ein Arzt schaut streng auf sie herab. Er fragt, ob sie sprechen kann, und ihr kommt die Frage sinnlos vor, sie will nur weiterschlafen. In der Nervenheilanstalt stellt sich dann heraus, dass sie wirklich nicht sprechen kann. Sie macht brav ihre Sachen, schreibt Briefe an den Schriftsteller, in dem sie ihre Wut und Verletzung schildert und gibt sie beim Therapeuten ab. Sie hört dem anderen Therapeuten zu, der ihr die unzähligen Möglichkeiten aufzählt, die sie im Leben angeblich noch hat: Sie ist erst achtunddreißig, das ist eine Menge Zeit, um einen neuen Partner kennenzulernen und eine Familie zu gründen! Sie hat einen tollen Beruf, der ihr viel gibt! Als sie dann im Oktober Fotos des kleinen Babys Jakob in einer Zeitschrift sieht, hat sie das Gefühl, als würde ihr Herz zerreißen. Es hätte ihr Kind sein sollen. Zu Weihnachten besucht sie ihre Tante Maria in Innsbruck und fängt wieder zu sprechen an.

Xaver: Wie schafft die alte Frau das?

Mathilda: Sie schreit die Deutschlehrerin einfach an: Mach endlich deinen Mund auf! Was dir passiert ist, passiert jedem! Das Leben besteht aus Verlassen und Verlassenwerden!

Xaver: Das Leben besteht aus Verlassen und Verlassenwerden.

Mathilda: Nach den Weihnachtsferien muss sie wieder alleine in ihrer Wohnung in Wien zurechtkommen, arbeitsfähig ist sie noch nicht. Sie geht die Post durch, die sich während ihrer Abwesenheit angesammelt hat, und findet einen Brief von einem Urologen, der an den Schriftsteller gerichtet ist. In dem Brief steht, dass die Untersuchung ergeben hat, dass der Schriftsteller zeugungsunfähig ist. Offensichtlich hat der Schriftsteller, kurz bevor er gegangen ist, eine Vorsorgeuntersuchung gemacht, bei der er auch an einen Urologen überwiesen wurde. Er ist zeugungsunfähig! Zeugungsunfähig! Ihr Traum hätte nie wahr werden können, sie hätte nie ein Kind von ihm haben können! Und auch keine andere Frau. Irgendwie hat sie der Gedanke getröstet. Wer war aber dann der Vater des kleinen Jakobs? Weiß der Schriftsteller, dass das Kind nicht von ihm sein kann?

Xaver: Er hat es lange nicht gewusst.

Mathilda: Die Tante stirbt, vererbt der Deutschlehrerin das Haus und diese zieht dort ein. Es tut ihr gut, von der Stadt wegzugehen, in der sie so lange mit dem Schriftsteller gelebt hat. Langsam bekommt sie ihr Leben wieder in den Griff. Und dann beginnt diese Fernsehserie *Bei Promis zu Hause* und die ersten zwei Teile spielen auf dem großen Bauernhof der Hoteliertochter und ihres Mannes, des Schriftstellers.

Xaver: Das hast du gesehen? Wir haben nie einen Fernseher gehabt.

Mathilda: In der neuen Stadt hat die Deutschlehrerin einen Fernseher. Die schwerreiche Hoteliertochter geht mit verträumten Blick über die Felder, steht mit Gummistiefeln im Stall und wirft den Kühen Heu vor. Sie verrät den Zusehern, dass sie endlich zu sich gefunden hat und glücklich ist, sie hat zu den Ursprüngen der Natur zurückgefunden. Eigenhändig führt sie ihre Kühe auf die Weide, wenn sie Zeit hat. Ihr Mann und sie machen auf dem Hof vieles selbst. Sie hat nur einmal wöchentlich eine Putzfrau, einen landwirtschaftlichen Helfer, Bruno, und ein Au-pair-Mädchen, das aber vormittags in der Stadt ist, weil es studiert, nachmittags ist es für das Kind zuständig. Ihr Mann, der Jugendbuchautor, stapft missmutig neben oder hinter ihr her, ständig mit dem quengelnden, plärrenden Kind auf dem Arm.

Xaver: Jakob war leider hyperaktiv. Das war ein bisschen –

Mathilda: Anstrengend? Auch der Schriftsteller gibt an, glücklich zu sein, hier in der Natur, auf dem alten Bauernhof. Er zeigt ein Lächeln, während der kleine Junge, der ihm überhaupt nicht ähnlich sieht, ehrlich gesagt, auch der Mutter nicht, ihn an den

Haaren zieht. Die Deutschlehrerin sieht und hört also auf dem Bildschirm, wie der Schriftsteller herumstottert, in seinem neuen Leben – ach so – glücklich zu sein. Sie glaubt es nicht, dafür kennt sie ihn viel zu gut. Er wirkt unglücklich und verbissen und irgendwie aggressiv, seine Gelassenheit und Coolness ist verschwunden.

Xaver: Du übertreibst. Er hat wahrscheinlich nur schlecht geschlafen. Das Kind hat ihn nächtelang wachgehalten.

Mathilda: Die beiden spazieren also mit Kind und Kamerateam über das gesamte Gelände, zeigen das Innere des Bauernhauses, das aus lauter Holz und Luxus zu bestehen scheint, sie zeigen den modernen Stall, die grüne Wiese mit den Kühen, den Kartoffel- und Krautacker und die erste Biogasanlage Deutschlands. Die liefert den Strom für das ganze Anwesen. Auf sie ist der Schriftsteller extrem stolz, er betont mehrmals die Umweltfreundlichkeit dieses Stromerzeugers der Zukunft. Die Fernsehserie ist vorbei, das Leben der Deutschlehrerin geht weiter. Und dann, zwei Monate später, im Mai 2000, tönt es aus allen Nachrichtensendungen, steht es in jeder Zeitung: Der eineinhalbjährige Jakob Sonnenfeld wurde entführt. Er ist aus dem Garten verschwunden, wo er in seinem Kinderwagen unter dem Apfelbaum geschlafen hat. Liv Lundström, das schwedische Au-pair, hat sich für eine Weile entfernt. Sie ist in die Scheune gegangen und hat dort mit ihrem Freund telefoniert, ziemlich lang sogar. Liv wird vorläufig festgenommen, aber wieder freigelassen, sie hat mit der Entführung offensichtlich nichts zu tun. Es gibt keine Spur, keinen Erpresserbrief, auch Wochen später nicht. Das Kind bleibt verschwunden.

Xaver: *Können wir das endlich abbrechen?* Das ist – wirklich sehr quälend für mich.

Mathilda: Ein paar Tage nach der Entführung wird ein Appell der Eltern an den oder die Entführer im Fernsehen ausgestrahlt. Die Mutter des Buben ist völlig verzweifelt, am Ende, und der Schriftsteller scheint es auch zu sein. Die Deutschlehrerin merkt aber an seinem Gesicht, dass etwas mit ihm nicht stimmt. Hinter seinen Schläfen scheint der pure Wahnsinn zu pochen. Und sie weiß, etwas stimmt da ganz und gar nicht.

Xaver: Der pure Wahnsinn hat da auch gepocht. Sein Kind wurde aus seinem Garten entführt!

Mathilda: Das Kind seiner Frau wurde aus dem Garten seiner Frau entführt. Die Deutschlehrerin erkennt an der vertrauten Mimik, dass er eindeutig lügt. Ihr kann er nichts vormachen. Sie sieht seinen starren Blick, sie sieht, wie sein rechtes Augenlid zuckt, seine Pupillen unruhig hin- und herrollen. Und sie stellt sich die Frage: Welche Rolle spielt der Schriftsteller in der Sache? Sagt er die Wahrheit?

Xaver: *Hör auf, bitte, Mathilda, hör endlich auf!* Du weißt nicht, was ich durchgemacht habe!

Mathilda: Soll ich dir erzählen, was ich glaube, dass passiert ist? Oder möchtest du?

MATHILDA UND XAVER

Mit den Jahren kamen auch Probleme, die am Anfang ihrer Beziehung noch nicht vorhanden gewesen waren. In erster Linie waren sie finanzieller Natur, denn als Xaver auf die dreißig zuging, stellte seine Mutter die monatlichen Zahlungen an ihn ein und die beiden waren auf sich gestellt. Da Mathilda eine volle Lehrverpflichtung hatte und auch noch Nachhilfeunterricht gab, verdiente sie nicht schlecht und konnte mühelos alle Rechnungen bezahlen, sie bezahlte Miete, Lebensmittel, Urlaube. Das erzeugte ein Ungleichgewicht in ihrer Beziehung, das beide verabscheuten, am meisten Mathilda selbst, ihr kam vor, Xaver entwickelte aufgrund seiner finanziellen Abhängigkeit Minderwertigkeitskomplexe und darauf aufbauend ein grobes und unausgeglichenes Verhalten ihr gegenüber. Er versuchte, ihr auf subtile Art vorzuhalten, sie, die biedere Deutschlehrerin, sei zwar in der Lage, für die Lebenshaltungskosten aufzukommen, er, der kreative Schriftsteller, sei aber der wesentlich Begabtere, Intellektuellere und obendrein Wichtigere für die Menschheit, denn er hinterließ dieser etwas.

Es wurden Spielchen gespielt: Wenn Mathilda ein Kinofilm gefiel, gefiel er Xaver natürlich nicht und er lästerte darüber, das sei minderwertiger Mainstream oder völliger Schwachsinn, Kitsch pur oder Aussagekraft quasi null, wenn der Film hingegen Mathilda nicht gefiel, fand Xaver den Film doch irgendwie besonders und schräg – »der Film hat was!« –, selbst wenn es »nur ein Hollywoodfilm« war. Bis Mathilda das Spielchen durchschaute und bewusst immer zuerst Xaver seine Meinung verkünden ließ.

Wenn sie in den Urlaub fuhren, behauptete Mathilda, die Ernährerin und Schatzmeisterin der kleinen Familie, dass das knappe Budget nur einen Campingurlaub in Italien erlaube und sonst nichts, eine Flugreise samt Hotel wäre einfach nicht erschwinglich, obwohl sie wusste, dass Xaver Campingurlaube hasste. Sie saßen auf ihren Klappstühlen vor dem winzigen Zweimannzelt und aßen die mit dem kleinen Gaskocher selbst gekochten Spaghetti und vertrieben die um die Plastikteller summenden Wespen, Mathilda stöhnte vor angeblicher Wollust, sich uneingeschränkt in der Natur zu befinden, Xaver unterstellte ihr insgeheim, vor lauter Befriedigung, ihn quälen zu können, zu stöhnen. Er wälzte sich im stickigen Zelt hin und her und konnte nicht schlafen, erst gegen zwei Uhr nachts hörten die letzten Campingurlauber zu feiern auf, um fünf Uhr war es wieder hell im Zelt und außerdem kam die Müllabfuhr. Er vermisste Komfort und Intimsphäre, man saß ausgesetzt wie auf einer Bühne auf seinem abgesteckten Fleckchen niedergetrampelter Wiese, jeder konnte beobachten, wenn man mit der Klopapierrolle in der Hand zu den Toiletten eilte, er genierte sich, es war ihm ein Graus. Jedes Jahr nahm er sich wieder vor, im nächsten Sommer den Urlaub überhaupt zu boykottieren, einfach zu Hause zu bleiben, sie könne ja alleine campieren, doch jedes Jahr wieder ließ er sich von Mathildas Begeisterung für das Campen anstecken und sich von ihr überreden.

Und dann passierte eines Tages das Unvermeidliche: Es war im Herbst, Mathilda beabsichtigte, alle Sommerjacken zu waschen und anschließend im Keller zu verräumen, als sie in Xavers Jeansjacke einen Liebesbrief, der mit »Lieber Kuss, Juli« unterschrieben war, fand und las. Mathilda fragte Xaver sofort nach der Verfasserin dieses Briefs: »Kennst du eine Juli?«, was Xaver aber zuerst verneinte. Sie merkte sofort, dass er log, dafür kannte sie seine Mimik einfach viel zu gut, es waren nur winzige, kaum merkliche Regungen in seinem Gesicht, doch sie waren da: der leicht starre Blick und das kurze, verräterische Zucken seines rechten Augenlids, das ihn immer verraten hatte, wenn er die Unwahrheit sagte, weil er sie nicht verletzen wollte: »Nein, das stimmt nicht, meine Mutter schätzt dich wirklich, sie hat nicht schlecht über dich gesprochen«, oder: »Nein, wirklich, unser Campingurlaub hat mir gut gefallen.«

Er gab zögernd die Liebschaft zu. Juliana war eine Philosophiestudentin, die bei Xaver eine Schreibwerkstatt besucht hatte, das pure Gegenteil von ihr, unkonventionell, schräg, sie trug bodenlange Röcke, eine Menge klirrender Armreifen, rauchte wie ein Schlot und soff. Sie quetschte ihn aus, er stand Rede und Antwort. Für Xaver war die Affäre mit Juliana unbedeutend – er hatte wesentlich aufregendere Liebschaften genossen –, sie erlangte ihre große Bedeutung nur in seiner Beziehung mit Mathilda, weil mit ihr sein Lügengerüst einstürzte und Mathildas Vertrauen in ihn erlosch. Sie war enttäuscht und verletzt und fragte sich, warum sie so viel für ihn tat, wenn er sie doch ohnehin betrog und somit ihre Beziehung mit Füßen trat. Sie verlor für Monate jede Energie, nahm mehrere Kilo ab und wurde zittrig und fahrig. Xaver schmerzte es, sie so zu sehen und er bemühte sich, sie zu trösten, nie war er so zärtlich gewesen wie in diesen Monaten. Juliana sah er nie wieder. Vier Jahre später lasen sie in der Zeitung ihre Todesanzeige, sie war in ihrem eigenen Bett verbrannt, weil sie mit einer brennenden Zigarette eingeschlafen war.

Es sollte die einzige Affäre bleiben, über die Mathilda Bescheid wusste, von den weiteren ahnte sie nur manchmal, und selbst dann fragte sie nie nach Namen oder Einzelheiten. Xaver traf sich mehr als ein Jahr lang nicht mit anderen Frauen und tat es später seltener und vor allem vorsichtiger.

Für Mathilda schob sich ein anderes Problem in den Vordergrund: Sie wünschte sich immer sehnlicher ein Kind, Xaver jedoch nicht.

MATHILDA ERZÄHLT XAVER VON IHREN VERMUTUNGEN

Xaver: Ich hätte dir nie das Kind schenken können, das du dir so gewünscht hast.

Mathilda: Ich hätte damit leben können.

Xaver: Ja? Du hast dir so sehr ein Baby gewünscht.

Mathilda: Ich habe mir ein Leben mit dir gewünscht. Ein Baby hätten wir adoptieren können.

Xaver: Ich habe bei einer Vorsorgeuntersuchung in München erfahren, dass ich zeugungsunfähig bin. Da war Jakob schon ein Jahr alt. Du hast also vor mir gewusst, dass er gar nicht mein Sohn ist.

Mathilda: Der Vater war ihr zweiter Ehemann, dieser gewalttätige, trinkfreudige Rennfahrer, den sie damals unbedingt loswerden wollte.

Xaver: Woher weißt du das?

Mathilda: Es ist eine Vermutung. Stand oft genug in den Zeitschriften. Stimmt es?

Xaver: Ja.

Mathilda: Die reiche Frau beichtet alles und bittet den Schriftsteller, alles auf sich beruhen zu lassen, sie erinnert ihn an die leidenschaftliche Liebe, die sie verbindet. Von wem das Kind ist, sei ja letztlich egal. Aber der Schriftsteller fühlt sich betrogen und belogen und ist sehr unglücklich.

Xaver: Was er aber schon vorher war.

Mathilda: Wirklich?

Xaver: Die Beziehung zwischen Denise und mir war von

Anfang an keine gute. Schon kurz nach unserer Hochzeit ist mir das ganze eitle Getue mit diesem »Ich will raus in die Natur und ganz ursprünglich leben!« so auf die Nerven gegangen! Ich wollte nicht raus in die Natur und ursprünglich leben.

Mathilda: Du wolltest die Natur mit Beton überziehen.

Xaver: Ich habe mich degradiert gefühlt, degradiert zum Babysitter und Bauern. Denise war so viel unterwegs! Ihre Schickimicki-Freundinnen waren –

Mathilda: Was?

Xaver: Zum Kotzen. Ich war auch nicht der Schriftsteller, sondern nur ein Anhängsel, der Mann der reichen Denise Sonnenfeld. Aber das hätten wir alles überwinden können. Das Schwierigste für mich war, dass wir nicht miteinander reden konnten, über nichts, unsere Lebenswelten waren so weit voneinander entfernt. Wir haben uns überhaupt nicht verstanden. Sie hat den ganzen Tag esoterisches Zeug vor sich hingegackert, über Yoga, Meditation, Ursprünglichkeit der Natur und so weiter. Ich habe das Reden über Bücher vermisst und das Geschichtenerzählen. Ich habe dich vermisst.

Mathilda: Der Schriftsteller wird also immer unglücklicher. Er hockt auf dem riesigen Bauernhof, ist viel alleine mit dem hyperaktiven Jakob, die reiche Frau ist viel unterwegs. Er schafft es nicht, Jakob zu lieben, obwohl er sich jeden Tag einredet, dass der Kleine ja nichts für die verzwickte Situation kann. Die Tatsache, dass der Bub außerordentlich trotzig, anstrengend und quengelig ist, macht die Sache auch nicht besser. Der Schriftsteller überlegt schon seit Wochen, ob er sich nicht trennen soll. Liege ich richtig?

Xaver: Absolut.

Mathilda: Und eines Tages eskaliert die Sache.

Xaver: Inwiefern? Was ist jetzt deine Vermutung?

Mathilda: Möchtest du mir nicht erzählen, was wirklich passiert ist?

Xaver: Mich würde zuerst deine Vermutung interessieren.

Mathilda: Ich habe zwei Vermutungen, was passiert sein könnte. Erstens: Der Schriftsteller hat eine Affäre mit dem schwedischen Au-pair und die beiden haben Sex in der Scheune oder sonst irgendwo. Der Bub wacht unter dem Apfelbaum auf, niemand ist da, er spaziert auf dem Gelände herum und hat einen tödlichen Unfall. Die beiden finden das tote Kind und sind halb wahnsinnig vor Angst. Sie beschließen die Leiche zu verstecken und das Ganze wie eine Entführung aussehen zu lassen. – Du bist aschgrau im Gesicht.

Xaver: Welchen tödlichen Unfall hat das Kind?

Mathilda: Irgendeinen. Der Bauernhof ist riesig und es gibt viele Gefahren für einen Eineinhalbjährigen. Er klettert eine Mauer hoch und stürzt hinunter. Ein Pferd rennt frei herum und trampelt ihn nieder. Er isst giftige Beeren. Er kommt unter den Mähdrescher beziehungsweise unter den Traktor und der Fahrer bemerkt es nicht einmal. Okay, das war jetzt Blödsinn.

Xaver: Wo haben sie die Leiche versteckt?

Mathilda: Sie haben sie vergraben. Auf dem großen Gelände war das kein Problem. Es hat sicher eine Baustelle irgendwo gegeben, wo gerade betoniert oder Fliesen gelegt oder sonst was gemacht wurde.

Xaver: Und deine zweite Vermutung?

Mathilda: Der Schriftsteller versucht an diesem Nachmittag wieder krampfhaft zu schreiben. Es gelingt ihm nicht, er leidet seit vielen Monaten an seiner berühmten Schreibhemmung. Es ist ein sehr heißer Tag und Jakob schläft in seinem Kinderwagen im Obstgarten, unter einem Apfelbaum. Die Mutter ist für drei Tage mit ihren Freundinnen nach Istanbul verreist. Das Au-pair kommt endlich von der Universität zurück, will im Garten lernen und dabei ein Auge auf ihn haben. Sie geht allerdings in die Scheune und telefoniert mit ihrem Freund in Schweden. Inzwischen wacht Jakob weinend auf, klettert aus dem Kinderwagen und macht sich auf die Suche nach seinem Vater, den er in seinem Arbeitszimmer findet. Der Kleine lässt ihn nicht arbeiten, plärrt und nervt die ganze Zeit und der Schriftsteller will ihn zum Au-pair bringen. Jakob weigert sich aber und wirft sich brüllend wie am Spieß und um sich schlagend auf den Schriftsteller. Dem platzt endgültig der Kragen, seine Nerven sind zum Zerreißen angespannt und er schüttelt das Kind heftig. Er schüttelt es so lang und heftig, dass es aufhört zu schreien. Das benommene Kind stellt er auf den Boden, es wankt und stürzt, mit dem Hinterkopf schlägt es am Kamin auf. Es ist sofort tot.

Xaver: Du behauptest damit, dass ich ein Mörder bin!!
Mathilda: Ja.
Xaver: Was habe ich mit der Leiche gemacht?
Mathilda: Der Schriftsteller hat sie irgendwo vergraben, was –
Xaver: – auf dem großen Gelände kein Problem war.
Mathilda: Mit welcher Vermutung liege ich richtig?
Xaver: Ich brauche – ich bin total fertig –, ich brauche frische Luft.
Mathilda: Ich auch. Mir ist ganz schwindlig.

Eine halbe Stunde später:
Xaver: Du bist ganz blass.
Mathilda: Es geht schon besser. Die frische Luft tut gut.
Xaver: Mathilda, ich bin kein Verbrecher, ich bin einfach nur –.
Mathilda: Schwach?
Xaver: Ich bin in den letzten Jahren so oft vor einer Polizeiwachstube gestanden, weil ich mich stellen wollte, aber ich

konnte es nicht! Dass ich damals nicht die ganze Wahrheit gesagt habe, hat nämlich nicht nur mit mir zu tun, sondern auch mit einem anderen Menschen.

Mathilda: Mit Liv?

Xaver: Ja. Es hätte ihr Leben komplett ruiniert. Ich wollte sie schützen, sie war so jung. Und Feigheit war es natürlich auch.

Mathilda: Meine erste Vermutung war also richtig.

Xaver: Zum Teil. Der Schluss stimmt nicht ganz.

Mathilda: Geh zur Polizei und stell dich! Xaver, bitte, stell dich! Es hat keinen Sinn so weiterzumachen. Danach bist du frei und kannst ein neues Leben anfangen.

Xaver: Mit vierundfünfzig?

Mathilda: Das ist heutzutage nicht alt! Du schreibst deinen Roman über deinen Großvater fertig, den ich übrigens großartig finde, und dann schreibst du einen Roman darüber!

Xaver: Worüber?

Mathilda: Über uns und über alles, was passiert ist! Schreib es dir von der Seele! Und jetzt gehe ich mit dir zur Polizei.

Xaver: Und Liv?

Mathilda: Ich bin sicher, sie wird es verstehen und auch als Erleichterung empfinden. Dass sie damals die Unwahrheit gesagt hat, fällt sicher schon längst unter die Verjährungsfrist.

Xaver: Ich kann nicht! Ich kann einfach nicht! Denise wird –

Mathilda: Denise wird endlich Gewissheit haben, was mit ihrem Sohn passiert ist.

Xaver: Wenn alles vorbei ist, kommst du dann mit mir?

Mathilda: Wohin?

Xaver: Nach Schuroth.

Mathilda: Wie meinst du das?

Xaver: Ich meine damit – gibst du mir noch eine Chance?

Mathilda: Ich – jetzt bin ich total perplex.

Xaver: Wir könnten ein Kind adoptieren.

Mathilda: Mit vierundfünfzig?

Xaver: Das ist heutzutage kein Alter.

Mathilda: Wir gehen jetzt zurück zum Haus, steigen in das Auto und fahren zur Polizei.

Xaver: Und während wir zurückgehen, erzählst du mir einen passenden Schluss für meine Geschichte.

Mathilda: Einverstanden.

MATHILDA ERZÄHLT XAVERS GESCHICHTE ZU ENDE

Richard Sand fliegt nach Chicago. Er ist dreiundsechzig Jahre alt und sitzt zum ersten Mal in einem Flugzeug. Er schläft ein und träumt, dass er, dreißig Jahre jünger, das Schiff im New Yorker Hafen verlässt, mit einem kleinen Koffer in der Hand. Mehr als ein Jahr lang war er in der Heimat, half seiner Familie, ein neues Haus und die Schusterei wieder aufzubauen. Sein ganzes erspartes Geld steckte er hinein und er machte es gern. Seiner Familie sollte es gut gehen und Geld würde er in Milwaukee wieder genug verdienen. In geordneten Verhältnissen übergab er alles seinem Bruder Karl. Im Hafen von New York eilt Dorothy auf ihn zu und sie umarmen sich lange und innig. Er überhäuft ihr geliebtes Gesicht immer wieder mit Küssen, bis er – aufwacht, weil eine Stewardess ihn fragt, ob er Kaffee möchte.

In Milwaukee angekommen, geht er sofort in die Wisconsin Avenue, und tatsächlich gibt es das Schuhgeschäft »O'Flaherty« noch! Es hat sich zwar stark verändert, es ist viel größer, aber es ist noch da und scheint zu florieren, es wird von Leuten in allen Altersgruppen stark frequentiert. Richard wohnt in einem billigen Hotel und besucht die Orte, die er von früher gut kennt. Kontakt nimmt er mit niemandem auf. Meistens aber hält er sich in der Wisconsin Avenue auf und beobachtet den Laden, er geht auf und ab oder sitzt auf einer Bank und schaut zum Eingang. Schließlich betritt er das Geschäft und kauft sich ein paar Schuhe, obwohl er gar keine braucht. Eine junge Frau bedient ihn und er ist nahe daran, sie nach Dorothy

O'Flaherty zu fragen, findet aber letztendlich den Mut nicht. Am nächsten Tag, als er wieder auf der Bank sitzt, kommt eine Frau auf ihn zu und setzt sich neben ihn. Es ist Dorothy, er erkennt sie sofort wieder. Sie ist immer noch wunderschön, hat immer noch dieses besondere Strahlen im Gesicht. Sie ist es, die als Erste spricht, sie macht einen Scherz und fragt ihn, warum es so lange dauerte, bis er den Weg zurück nach Milwaukee gefunden hat. Sie hat ihn bereits die ganze Woche beobachtet, wie er vor dem Geschäft auf und ab ging. Da kann Richard nicht mehr an sich halten und Tränen laufen ihm über die Wangen. Dorothy umarmt ihn einfach nur. Später gehen sie spazieren und Dorothy erzählt von sich: Gemeinsam mit ihrer Schwester übernahm sie das Schuhgeschäft des Vaters und wurde später zusätzlich Schuhdesignerin, geheiratet hat sie nicht, ihre – und seine – Tochter zog sie alleine groß. Bei dem Wort Tochter bricht Richard endgültig zusammen und Dorothy bringt ihn zu sich nach Hause.

Am Abend reden sie weiter. Dorothy wusste selbst nicht, dass sie schwanger war, als Richard im November 1918 abreiste. Als sie ihre Schwangerschaft entdeckte, verschwieg sie sie in ihren Briefen bewusst, sie wollte keinen Druck auf ihn ausüben und ihm die Zeit geben, die er für seine Familie brauchte. Bei ihrer Familie fand sie den nötigen Rückhalt, nie wurden ihr Vorwürfe gemacht. Das Kind erhielt den Namen beider Großmütter: Mary. Als Richard nach einem Jahr immer noch nicht zurückgekehrt war, entschloss sich Dorothy, ihm doch die Wahrheit zu schreiben. Mary sollte nicht als lediges Kind aufwachsen müssen. Sie schrieb viele Briefe, schickte Fotos mit und bekam nie eine Antwort. »Warum bist du mir nicht nachgereist?«, fragt Richard sie und sie antwortet: »Ich war zu stolz. Das habe ich später bereut. Ich hätte zu dir kommen sollen. Aber hätte es etwas genützt?« »Du hättest mich vor einer falschen Entscheidung bewahren können«, antwortet Richard. Er erzählt von seinem Leben, von seinem Pflichtgefühl der Familie und Anna gegenüber. Am nächsten Tag lernt Richard seine Tochter Mary, ihren Mann und seinen kleinen Enkelsohn kennen. Richard und Dorothy verbringen viel Zeit miteinander und er bewundert, dass sie ihre fröhliche, positive Art nicht verloren hat. Einmal sagt sie zu ihm: »Ich hege keinen Groll gegen dich, so wie es war, war es gut, ich habe und hatte ein erfülltes Leben.« Die beiden kommen sich wieder nahe und Richard verlängert seinen Aufenthalt. Er überlegt, in Milwaukee zu bleiben. Dorothy überlegt, mit Richard eine längere Europareise zu machen, sie möchte seine Heimat kennenlernen. Die beiden sind glücklich.

Xaver: Bis der Tod sie scheidet?

Mathilda: Bis der Tod sie scheidet.

Xaver: Du hast deine Vorliebe für Happy Ends nicht verloren.

Mathilda: Für dich wünsche ich mir auch ein Happy End, Xaver. Stell dich der Polizei, stell dich Denise, und sag die Wahrheit. Und dann fang ein neues Leben ohne die quälenden Geister der Vergangenheit an.

MATHILDA UND XAVER

Als Mathilda sechsunddreißig war, bekamen ihr Bruder Stefan und seine holländische Frau Nathalie ihr zweites Kind, auf Tochter Desiree war Sohn Kevin gefolgt. Mit fünfundzwanzig war Stefan auf Wunsch seiner Firma, er arbeitete als Werkzeugmechaniker bei einem internationalen Konzern, nach Holland gegangen, wo er bald darauf Nathalie kennengelernt hatte. Mathilda war erstaunt, dass eine derart feinfühlige Frau wie Nathalie sich für ihren einfachen, wortkargen Bruder interessierte, und war noch mehr erstaunt, wie gut die Beziehung harmonierte. Sie sah ihren Bruder selten: Wenn er zu Weihnachten bei Martha auf Besuch war und sie auch heimkam, weil sie Stefan sehen wollte, oder wenn sie in den Sommerferien nach Holland fuhr. Sie konnte in dieser jeweils kurzen Zeit spüren, dass er glücklich war.

Stefan lud seine Schwester ein, nach Holland zu kommen, den kleinen Kevin kennenzulernen, Xaver konnte nicht mitkommen, da er eine Sommergrippe hatte.

Und dann saßen sie im Garten des kleinen Häuschens, das Stefan für seine Familie in Leeuwarden gekauft hatte, tranken Kaffee und aßen Torte. Auch Nathalies Eltern, mollige, humorvolle Menschen, waren dabei und sie unterhielten sich mit ihr in gebrochenem Deutsch. Mathilda sah zu Nathalie hinüber, die auf der Hollywoodschaukel saß und das Baby stillte, neben ihr die kleine Desiree. Nathalie trug ein weißes, verspieltes Sommerkleid und das Mädchen trug etwas Ähnliches und alle drei sahen sie entzückend aus, es war wie in einem kitschigen Film. Neben ihnen blühten die Rosen, um sie herum schwirrten Schmetterlinge, das Kind gluckste gerade, spielte mit einem Gänseblümchen und das Baby schlief beim Trinken ein. Stefan stand auf und setzte sich neben seine Frau, das Mädchen zwischen ihnen, und sie küssten sich sanft auf den Mund. Da wurde Mathilda bewusst, das war das Glück, so musste es sich anfühlen, und sie hätte alles darum gegeben, das Gleiche erleben zu dürfen, mit Xaver an ihrer Seite und seinem Kind auf ihrem Schoß. Ihr versetzte die Szene einen Stich in die Brust, nicht nur einen, sondern viele, sie waren messerscharf, und sie musste sich an der Stuhllehne festhalten, sonst wäre sie umgekippt.

Bei der Rückfahrt fühlte sie sich so miserabel und todunglücklich, in ihrem Inneren tobte es, am liebsten hätte sie die ganze Zugfahrt über geheult und es den Mitreisenden ins Gesicht gebrüllt: »Ich will ein Baby, ich will endlich ein Baby!«

Als sie dann in Wien ankam und Xaver am Bahnsteig stehen sah, mit einem Blumenstrauß in der Hand, machte ihr Herz einen Sprung, sie spürte, wie sehr sie sich freute, ihn wiederzusehen, und wie sehr sie ihn immer noch liebte. Er schloss sie in seine Arme und sie atmete seinen Geruch ein. Zum ersten Mal durchzuckte sie der Gedanke, dass sie ihn nie aufgeben würde, selbst wenn sie auf ein Kind verzichten müsste. Sie konnte und wollte sich ein Leben ohne ihn nicht vorstellen.

Kripobeamter Josef Zangerl: Kommen wir endlich zum 27. Mai 1998. Können Sie uns genau schildern, was da passierte?

Xaver Sand: Meine Frau war am Vortag schon nach Istanbul abgereist, wo sie mit drei Freundinnen übers Wochenende bleiben wollte. Jakob sollte bei mir – und dem Au-pair – bleiben. An dem Tag war es angenehm warm und ich war mit Jakob allein, eine Weile war die Haushälterin da, sie ging aber gegen Mittag. Liv, ich meine das Au-pair, war in der Stadt, weil sie ein Seminar auf der Uni hatte. Ich spielte die ganze Zeit mit Jakob draußen im Garten, wir saßen in der Sandkiste und machten einen Sandkuchen nach dem anderen. Er war an dem Tag außergewöhnlich ruhig und brav, das weiß ich heute noch genau, ich war ihm sogar dankbar dafür. Dann kam Liv zurück und wir aßen gemeinsam zu Mittag, die Haushälterin hatte Lasagne für uns drei gemacht. Nach dem Mittagessen schlief Jakob für gewöhnlich zwei bis drei Stunden. Ich ging in mein Arbeitszimmer und schrieb an meinem Roman weiter. Weil es warm war, setzte Liv den Kleinen in den Kinderwagen und fuhr mit ihm eine Runde im Garten. Er schlief sofort ein, sie stellte den Kinderwagen unter einen Apfelbaum und setzte sich auf eine Decke, um zu lernen. Nach …, nach einer Weile kam ich zu ihr. Das war ungefähr gegen drei Uhr. Wir küssten uns und weil Liv nicht neben dem schlafenden Kind Sex haben wollte, gingen wir in die Scheune. Eigentlich war es keine richtige Scheune, es war die Garage für den Traktor, den Anhänger und die ganzen Maschinen.

J. Z.: Warum ausgerechnet dorthin?

X. S.: Weil man von dort, wenn man das Tor etwas offen stehen ließ, den Kinderwagen sehen konnte. Wären wir ins Haus gegangen, hätten wir den Kinderwagen nicht im Blickfeld gehabt.

J. Z.: Wie lange waren Sie in der Scheune mit Frau Lundström?

X. S.: Ungefähr zwanzig Minuten, fünfundzwanzig Minuten, ich weiß es nicht genau, wir haben nicht auf die Uhr geschaut.

J. Z.: Während Sie in der Scheune beziehungsweise Garage waren, hatten Sie da den Kinderwagen in Sichtweite?

X. S.: Ja, wir konnten ihn von da aus sehen, aber wir – na ja – sahen nicht die ganze Zeit hin.

J. Z.: Wie weit war der Kinderwagen von Ihrem Standort entfernt?

X. S.: Ungefähr zwanzig Meter.

J. Z.: Sie wollen damit sagen, Sie hatten Verkehr mit Frau Lundström und ließen den Kinderwagen aus den Augen?

X. S.: Genau das will ich damit sagen. Es lagen ein paar alte Decken auf dem Boden und Liv legte ihre Decke darauf und dann hatten wir – Verkehr. Als wir dann zum Kinderwagen hinsahen, war er leer.

J. Z.: War die Decke, ich nehme an, er war zugedeckt, noch im Kinderwagen oder war sie auch weg?

X. S.: Seine Decke war noch da.

J. Z.: Wieso konnten Sie dann eindeutig sehen, dass das Kind nicht mehr im Kinderwagen lag?

X. S.: Es war eindeutig zu sehen! Die Decke lag im Gras und der Kinderwagen war leer.

J. Z.: Was passierte dann?

X. S.: Er war also aufgewacht und ganz leise aus dem Kinderwagen geklettert und weggerannt. Vielleicht hatte er uns auch gesehen und war verwirrt gewesen. Ich weiß es bis heute nicht, warum wir ihn nicht hörten. Wir standen sofort auf, liefen hinaus und suchten ihn. Wir dachten, er würde irgendwo spielen. Als wir ihn nach einer Viertelstunde nicht gefunden hatten, gerieten wir in Panik, das heißt Liv geriet sofort in Panik. Und nach einer halben Stunde rief ich die Polizei an und sagte, dass mein Sohn spurlos verschwunden ist. Die Polizei tippte dann sofort auf Entführung, obwohl nie Lösegeld von Denise gefordert wurde.

J. Z.: Langsam. Sie besprachen das vorher mit Frau Lundström?

X. S.: Natürlich. Wir waren gelähmt vor Angst, wir konnten es nicht fassen, was da passiert war. Liv schrie die ganze Zeit: Ich habe die Aufsichtspflicht verletzt, ich komme ins Gefängnis! Ich beruhigte sie und erklärte ihr, dass ich jetzt wirklich die Polizei anrufen müsse, weil ich befürchtete, dass jemand in den Garten eingedrungen sei und Jakob entführt habe. Sie flehte mich an, niemandem die Wahrheit über uns zu sagen. Sie wollte vor meiner Frau und vor allem vor ihrem Freund, ihren Eltern, ihren Freunden und überhaupt in der Öffentlichkeit nicht als Flittchen dastehen, es wäre für sie sehr entwürdigend gewesen. Das Ganze würde ohnehin noch schrecklich genug für sie werden, das ahnte sie schon. Ich studierte also mit ihr ein, was sie sagen sollte: Ich hätte im Arbeitszimmer geschrieben, das zur anderen Seite des Hauses hinausgeht, und sie hätte in der Scheune kurz mit ihrem Freund telefoniert, währenddessen sei Jakob spurlos verschwunden. Liv wollte das unbedingt so. Sie spürte schnell, dass es einen großen Unterschied macht, ob die Aufsichtspflicht verletzt worden ist, weil ein junges Mädchen vor lauter Heimweh und Sehnsucht mit dem Freund telefoniert, oder ob es in dem Moment, in dem das Kind verschwindet, Sex hat. Obwohl wir beide ja dann hätten verantwortlich gemacht werden können.

J. Z.: Ihnen muss diese Variante auch recht gewesen sein? Es wäre für Sie ja auch äußerst problematisch gewesen, vor Ihrer Frau und in der Öffentlichkeit der Ehebrecher zu sein, noch dazu in einem Moment, in dem das Kind unbeaufsichtigt ist und ausgerechnet dann entführt wird. Oder?

X. S.: Ich glaube bis heute nicht an Entführung. Aber zuerst möchte ich Ihre Frage beantworten: Natürlich kam es mir gelegen, dass Liv mich so sehr anflehte, nicht die Wahrheit zu sagen! Aber mir ging es derartig dreckig, das kann sich niemand vorstellen! Am liebsten hätte ich allen die Wahrheit ins Gesicht geschrien, nur um von diesen Schuldgefühlen befreit zu sein. Ich war in der Öffentlichkeit der arme, leidende Vater und meine Bücher wurden monatelang noch besser verkauft. Furchtbar eigentlich, nicht wahr? Was Denise von mir dachte, war mir eigentlich egal, ich hätte kein Problem gehabt, vor ihr der Ehebrecher zu sein. Unsere Ehe ging mehr als schlecht, seitdem ich wusste, dass sie mir Jakob bewusst untergeschoben hatte, um von ihrem zweiten Ehemann, diesem gewalttätigen Rennfahrer, wegzukommen. Aber Liv beschwor mich immer wieder, wenn wir es schafften, mal ein paar Sekunden alleine zu sein, dass ich bei der Version bleiben müsse. Ich müsse sie schützen, das sei ich ihr schuldig.

J. Z.: Warum glauben Sie bis heute nicht an Entführung? Was ist Ihrer Meinung nach passiert?

X. S.: Ich glaube an einen Unfall.

J. Z.: Bei jedem Unfall gibt es eine Leiche.

X. S.: Bei Unfällen mit Biogasanlagen gibt es keine Leiche. In einer Biogasanlage wird durch Vergärung von Biomasse Biogas erzeugt. Oder anders ausgedrückt: Biogas entsteht als Stoffwechselprodukt von Methanbakterien bei der Zersetzung organischer Stoffe unter Ausschluss von Sauerstoff. In einer Biogasanlage stirbt man innerhalb einiger Sekunden, weil man vergast wird, man hat gar keine Chance, man würde nicht einmal etwas spüren. Es wäre ein sehr schneller Tod. Und dann bleibt absolut nichts von einem übrig, nicht einmal Zähne oder Knochen. Von einer Kinderleiche würde auch nichts übrig bleiben. Ich glaube, dass Jakob in die Biogasanlage gestürzt ist.

J. Z.: Sie glauben oder Sie wissen es?

X. S.: Natürlich kann ich es nicht mit Gewissheit sagen! Vielleicht kam eine Verrückte in den Garten und nahm den Kleinen mit, weil sie ihr Kind vor Kurzem verloren hatte oder weil sie sich unbedingt eines wünschte oder was weiß ich! Natürlich könnte das die Wahrheit sein und Jakob lebt irgendwo da draußen und wir können nur hoffen, dass es ihm halbwegs gut geht. Wir werden es nie genau wissen! Aber ich glaube es einfach nicht!! Ich glaube es wirklich nicht! Ich glaube, dass er in den Einspülschacht der Biogasanlage gestürzt ist. Ich vergaß am Vormittag … ich … kann ich ein Glas Wasser haben?

J. Z.: Beruhigen Sie sich.

X. S.: Danke. – Am Vormittag ging ich mit Jakob zur Biogasanlage, weil Bruno den Tag frei hatte und ich die Grassilage einfüllen musste.

J. Z.: Können Sie das Aussehen einer Biogasanlage genauer beschreiben?

X. S.: Es ist ein großer Betonbehälter, oben abgedeckt mit einem Betonboden. Bei uns auf dem Hof befand er sich hinter dem Stall. An dem Betonbehälter ist der sogenannte Einspülschacht angebracht, es ist ein Nirostaschacht, ein Rohr, mit einem Durchmesser von circa vierzig Zentimetern, die Schachtöffnung ist auf der gleichen Höhe wie der Betonboden. In diesen Schacht werden einmal täglich die Abfälle gefüllt, wie zum Beispiel Grassilage oder Maissilage. Auf Jakob übte die Biogasanlage eine große Faszination aus, er wollte immer mit mir mitgehen und an diesem Vormittag nahm ich ihn auch mit. Er sah ganz interessiert zu und war eigentlich ziemlich brav. Aber dann stach ihn eine Biene und er brüllte wie am Spieß. Weil er allergisch auf Bienenstiche war, lief ich sofort mit ihm ins Haus und vergaß den Einspülschacht wieder abzudecken.

J. Z.: Womit?

X. S.: Mit einem Brett und einem schweren Sandsack. Später vergaß ich komplett darauf. – Ich … ich …

J. Z.: Möchten Sie eine Pause machen?

X. S.: Nein, ich möchte es endlich fertig erzählen. – Nachdem ich die Polizei angerufen hatte, suchten Liv und ich noch weiter nach Jakob. Mittlerweile war schon eine Stunde seit seinem Verschwinden vergangen. Dann entdeckte ich den offenen Einspülschacht und mir wurde heiß und kalt gleichzeitig. Ich wäre in dem Moment fast ohnmächtig geworden. Irgendwie wusste ich sofort, dass er hineingefallen sein musste.

J. Z.: Woher wussten Sie es? Haben Sie nachgesehen?

X. S.: Nein, natürlich nicht! Da kann man nicht nachsehen! Wie wollen Sie in einen geschlossenen Betonbehälter hineinsehen, in dem Methangas organische Stoffe zersetzt? Es war … einfach nur ein Gefühl! Jakob war von der Biogasanlage immer angezogen gewesen. Es war naheliegend, dass er hinläuft und nachsieht. Und der Schacht war offen! Ich vergaß ihn zuzumachen! Es war meine Schuld!

J. Z.: Was passierte dann?

X. S.: Ich musste mich zwingen mich zu beruhigen und dann … legte ich das Brett und den Sandsack auf den Schacht.

J. Z.: Gegenüber der Polizei gaben Sie an, der Schacht wäre den ganzen Tag zugedeckt gewesen?

X. S.: Es wurde nicht danach gefragt und ich gab diesbezüglich gar nichts an. Ich musste also nicht einmal eine falsche Aussage machen. Ich erzählte dieses Detail nicht einmal Liv und schleppte es die ganze Zeit mit mir alleine herum. Es machte mich wahnsinnig.

XAVERS BRIEF AN MATHILDA AUS DER
UNTERSUCHUNGSHAFT

Liebe Mathilda!

Vor drei Tagen wurde ich an das Gefängnis in der Stadel-heimerstraße in München überstellt. Hier ist meine Zelle un-gefähr zwölf Quadratmeter groß, hat ein Bett, einen quadra-tischen Tisch, einen Stuhl davor, eine kleine Kommode mit einem Fernseher darauf, ein einziges nordseitiges Fenster und im rechten Eck (von der Tür aus gesehen) befindet sich die Nasszelle.

Vorgestern war mein Anwalt hier, er meinte, er werde auf »Fahrlässige Tötung durch Unterlassung« plädieren, was dann bereits verjährt wäre, ich müsse mir keine Sorgen machen.

Von Liv erhielt ich bisher nur eine knappe E-Mail, die ich unter Aufsicht lesen durfte, sie schrieb mir, dass ihre Falschaus-sage unter die Verjährungsfrist falle und dass sie absolut nicht verstehen könne, warum ich bezüglich des Einspülschachts nie die Wahrheit gesagt habe und jahrelang die Mutter des Kindes, einen ganzen Polizeiapparat und überhaupt alle an der Nase herumgeführt habe. Sie schloss mit den Worten, dass sie sehr enttäuscht sei.

Denise bestand darauf, mich sehen zu wollen, zuerst weigerte ich mich, dann gab ich schließlich nach, im Grunde war es mir dann gleichgültig, ihr in die Augen sehen zu müssen, im Geiste malte ich mir vorher eine filmreife Szene aus: Sie stolziert mit hochhackigen Schuhen in das Besucherzimmer, mustert mich von oben bis unten voller Hass und verpasst mir dann eine gewaltige Ohrfeige, sodass meine Wange rote Abdrücke hat, bevor sie hoch erhobenen Hauptes den Raum wieder verlässt. Es war dann natürlich nicht so.

Sie war in Schwarz gekleidet und hatte auch keine hohen Schuhe an, sie trug ein sehr einfaches, schwarzes, knielanges Kleid und es wirkte weder übertrieben noch melodramatisch, sondern hatte einfach seine Richtigkeit; als ich sie in diesem schwarzen Kleid sah, wurde mir Jakobs Tod erst vollends bewusst, er war damals wirklich gestorben, an dem heißen Tag im Mai, der kleine rothaarige Mann mit den Sommersprossen, der gerade mal »Mama« und »Papa«, »Taktor« und »Kuh« und »Feuawääh« hatte sagen können, dadurch dass Denise ein schwarzes Kleid trug, wusste ich im ersten Augenblick, dass für sie meine Vermutung, die ich vierzehn Jahre lang für mich behalten hatte, auch Tatsache geworden war. Sie war bereits sechsundfünfzig Jahre alt und immer noch eine sehr attraktive Frau, sie war so ruhig und gefasst, wir konnten kaum miteinander reden, nur ein paar Sätze, da wir beide die meiste Zeit weinten, wir saßen uns gegenüber, hielten uns an den Händen und weinten, sie sah so schmal und verletzlich aus, alles was sie sagte, war, dass sie es oft gespürt habe, dass Jakob nicht mehr am Leben sei und sich gewünscht habe, er möge doch einen schnellen, schmerzlosen Tod gefunden haben und nicht Unvorstellbares irgendwo erleiden müssen, sie sagte auch, dass sie es nicht schaffe, mich zu hassen, sie habe zu Jesus gefunden. Sie entschuldigte sich sogar dafür, dass sie mich damals benutzt hatte, um von einem Menschen wegzukommen, den sie nicht mehr liebte und vor dem sie Angst hatte. Nachdem sie gegangen war, konnte ich mich stundenlang nicht beruhigen, so aufgewühlt war ich, ich konnte die ganze Nacht nicht schlafen, hatte immer ihr blasses Gesicht mit den großen grünen Augen vor mir und ihre kleinen dünnen Hände, denen man das Alter ansah und mit denen sie meine Hände hielt und streichelte.

Liebe Mathilda, aber eigentlich wollte ich Dir in meinem Brief ganz etwas anderes erzählen, etwas, das mit Dir und mir zu tun hat. Erinnerst Du Dich an das Feuer, von dem ich Dir in einer E-Mail erzählte? Ich verbrannte damit alle Bücher und Textilien, die ich in Schuroth fand.

Nach diesem Lagerfeuer bestellte ich die Handwerker einer Sanierungsfirma zu mir und ging mit ihnen den gesamten Renovierungsplan durch und kurz darauf ging es bereits los mit der Arbeit. Und nach ein paar Tagen, es war der 14. Oktober, ich weiß es noch genau, spuckte das Haus, das mir bisher das Gefühl gegeben hatte, mich in hohem Bogen ausspucken zu wollen – vielleicht auch als Rache, weil ich es mein ganzes Leben lang gehasst hatte –, zwei Dinge für mich aus und das innerhalb derselben Stunde. Die Arbeiter fanden in der ehemaligen Schusterei beim Durchbrechen einer Mauer ein Metallkästchen, das eingemauert gewesen war, und brachten es mir; einige Minuten zuvor hatte ich beim Ausräumen eines der Gästezimmer in einem Nachtkästchen einen Zettel gefunden, auf den Du etwas bei unserem ersten Besuch in Schuroth geschrieben hattest, der Zettel war zwischen der Schublade und der hinteren Wand des Nachtkästchens gesteckt und deshalb nie entdeckt worden. Ich begann die Zeilen zu lesen just in dem Moment, als im Türrahmen ein junger Arbeiter mir das verstaubte Metallkästchen entgegenhielt und dazu sagte: »War in der Mauer drin.« Ich nahm es ihm ab und hielt also in der rechten Hand den Zettel, voll beschrieben mit Deiner schönen, regelmäßigen Handschrift, und in der linken dieses verstaubte, schmutzige Metallkästchen. Ich legte den Zettel weg und versuchte es zu öffnen, da es sich nicht öffnen ließ, musste ich es mit Gewalt aufbrechen, und als es offen vor mir stand, fand ich eine Menge alter Briefe darin, es waren – in geöffneten Kuverts steckende – Briefe einer gewissen Dorothy O'Flaherty, wohnhaft in Milwaukee, Burnham Park, die sie an meinen Großvater in der Zeit von Dezember 1918 bis Herbst 1924 geschrieben hatte.

Ich faltete den Zettel mit Deinem Text, steckte ihn in das Kästchen, ging damit hinaus in den Garten und setzte mich in den alten Schaukelstuhl meines Großvaters, der inmitten all der alten Möbel stand, die entsorgt werden sollten, der ganze Garten war voll mit den Möbeln meiner Mutter und meiner Großeltern, zwischen denen ich groß geworden war.

In der warmen Oktobersonne las ich die Briefe der jungen Dorothy an Richard Sand, meinen Großvater, die alle mit »My dearest Richard!« begannen, und ganz zum Schluss las ich noch Deinen Text.

In einigen Kuverts befanden sich auch Fotos, Fotos von einer wunderschönen Frau mit symmetrischen Gesichtszügen, in der Mitte gescheiteltem, dickem, schwarzem Haar, das ihr bis zur Taille reichte, sinnlichen Lippen, stolzen, mandelförmigen, dunklen Augen; auf manchen Fotos ist sie alleine abgebildet, auf einem Foto ist sie im Kreis ihrer Familie zu sehen, ihr Vater sitzt auf einem Stuhl und sie und ihre drei jüngeren Schwestern, denen der Schalk nur so aus den Augen blitzt, stehen hinter ihm. Auf einem Foto sitzt sie mit meinem jungen Großvater am Ufer des Lake Michigan, er hat seinen Arm um ihre Schultern gelegt und drückt sie gerade an sich, ihre beiden Gesichter sind sich ganz nahe, er hat sie sicherlich kurz bevor er wieder nach vorne zum Fotografen schaute geküsst, beide strahlen sie und wirken so wahnsinnig verliebt und glücklich. Auf die Rückseite dieses Fotos schrieb sie (natürlich auf Englisch): Ich sende Dir dieses Foto, damit Du unsere schöne, gemeinsame Zeit nicht vergisst – auch wenn die Zukunft etwas anderes bringt, als ich mir wünschen würde.

In den Briefen beschrieb sie ihren Alltag, sie erzählte ihm, was sie während der Woche im Schuhgeschäft ihres Vaters erlebte, was sie an den Wochenenden mit der Familie und mit Freundinnen unternahm, diese Beschreibungen waren immer so voller Humor, ich musste beim Lesen oft herzlich lachen, im letzten Absatz schrieb sie jedes Mal, dass sie ihn liebe und vermisse und sich sehr auf seine Rückkehr freue, ich konnte tatsächlich meine Tränen nicht zurückhalten, als ich den Satz las: Ich freue mich auf den Augenblick, in dem ich Dich wieder umarmen und in Dein geliebtes Gesicht schauen kann, ich sehne ihn mit aller Kraft herbei. Diese Zeilen im letzten Absatz jedoch klangen nie flehentlich bittend oder fordernd, sie schrieb kein einziges Mal, dass sie verzweifelt auf ihn warte, sie fragte ihn nie, wann er denn wiederkommen würde, sie waren wunderbar poetisch und voller Liebe.

Ich hatte meinen Großvater als sehr wortkargen, verschlossenen Menschen kennengelernt, der stundenlang durch die Gegend wanderte oder Dinge im Haus reparierte und verbesserte, ich kann mich nicht erinnern, ihn einmal mehr als nur einen Satz reden oder Späße machen oder lachen gehört zu haben, auf mich wirkte er unglücklich und einsam, er starb im Dezember 1969 an einer Lungenentzündung, da war ich elf. Ich hatte nie etwas von einer Dorothy O'Flaherty gehört, auch meine Mutter nicht, da bin ich mir sicher, sie hätte mir sonst davon erzählt, sie erzählte mir gerne alle möglichen alten Familiengeschichten, ob meine Großmutter von dieser Geliebten in der Jugendzeit ihres Mannes wusste, weiß ich nicht, ich erlebte sie als sehr religiöse, fleißige, freundliche Frau, die sich liebevoll um mich kümmerte, mir auch viele alte Geschichten aus dem Dorf erzählte, aber keine einzige aus ihrem eigenen Leben.

Ich weiß also nicht und werde es wohl nie wissen, ob mein

Großvater damals all diese Briefe von Dorothy erhielt oder ob sie jemand aus seiner Familie, der unbedingt wollte, dass er in der Heimat blieb, hatte verschwinden lassen, bevor er sie zu Gesicht bekam, aber vermutlich hätte dieser Jemand sie eher verbrannt als sie in jenem Metallkästchen gesammelt und schließlich eingemauert, oder nicht?, wer weiß?, wir werden es nie wissen, vielleicht mauerte mein Großvater sie ja selbst in sein neues Haus ein? Auf alle Fälle hatte mein Großvater, mit oder ohne Dorothys Briefe, sich entschlossen, in der Heimat zu bleiben, das Oberhaupt der Familie Sand zu sein, die Schusterei weiterzuführen und Anna aus der Nachbargemeinde zu heiraten, ich stellte mir vor, wie schwer es ihm gefallen sein musste, die richtige Entscheidung zu finden, und mich hätte brennend interessiert, ob er seine getroffene Entscheidung je bereute. So entstand die Idee zu meinem Roman *Geh nicht fort*, den ich dann im November begann und der mir von Anfang an großen Spaß machte.

Deinen Text las ich zum Schluss, er war ebenfalls wie ein Brief aufgebaut, er trug die Überschrift »Mein lieber Xaver!«, allerdings glaube ich, hattest Du nie vor, ihn mir zu geben oder zu schicken, und ich glaube auch, dass Du ihn in Schuroth nicht mit Absicht liegen ließest, es wäre Dir vielmehr peinlich gewesen, hätte ich oder meine Mutter ihn damals gelesen, Du fandest ihn ganz einfach nicht mehr, weil er hinter die Schublade gerutscht war. In Deiner Begeisterung für mein Elternhaus, Du sahst es zum ersten Mal, schriebst Du spontan Deine Zukunftsträume und Wünsche nieder, erinnerst Du Dich daran? Ich lege ihn meinem Brief bei, damit Du ihn auch wieder lesen kannst.

Diesen Brief, er quillt über vor lauter Liebe, von Dir zu lesen, war schmerzhaft für mich – alles kam so ganz anders, als Du es Dir erträumt hattest! –, im ganzen Körper spürte ich diesen stechenden Schmerz, und ich wusste (ich hatte es schon vorher lange gewusst, aber nie so klar wie in diesem Moment, es war immer nur ein vages, verschwommenes Gefühl gewesen), dass ich vor sechzehn Jahren eine falsche Entscheidung getroffen hatte, nicht nur deshalb, weil die Tragödie mit dem kleinen Jakob nie passiert wäre, wenn ich Dich nicht verlassen hätte, sondern auch, weil ich nachher nie wieder so glücklich war wie mit Dir, weil ich nachher nie wieder jemanden so liebte wie Dich und von niemandem so geliebt wurde wie von Dir. So gerne hätte ich die Zeit zurückgedreht! Ich würde Dir dann an diesem 16. Mai 1996 die Tür öffnen, die Einkaufstasche voller Salat, Schnittlauch und Brot entgegennehmen und mit dir gemeinsam kochen und essen, wir würden am Balkon sitzen und über die bevorstehende Hochzeit reden und Immobilienanzeigen durchgehen, weil wir uns eine größere Wohnung oder ein Haus kaufen wollen.

Tagelang ging ich wie ein Schlafwandler herum, ich fühlte mich benommen und gleichzeitig rastlos, mir war übel und ich konnte nicht schlafen und nicht essen, ich bekam alle diese Briefe nicht aus dem Kopf und vor allem Du gingst mir nicht aus dem Kopf, Du setztest Dich fest und bliebst in meinen Gedanken, ich hatte immer wieder an Dich gedacht, aber nie so heftig wie jetzt in Schuroth, ich bereute es wie ein Wahnsinniger, dass ich mich heimlich und feig aus unserer Wohnung und aus Deinem Leben geschlichen hatte.

Und dann setzte sich der Gedanke fest, dass ich Dich unbedingt wiedersehen wollte, ich musste wissen, wie es Dir ging. Ich fand ziemlich schnell Deine Adresse im Internet heraus und war sehr verwundert, Dich in Innsbruck zu finden, ich packte ein paar Sachen zusammen, buchte ein Hotelzimmer und fuhr los, das war am 23. Oktober. Zwei Tage verbrachte ich in Innsbruck, saß viel in meinem Golf und beobachtete

Dich mit einem Fernglas, beim Verlassen Deines Hauses, beim Betreten der Schule, beim Spazierengehen mit Deiner Freundin und getraute mich nicht, Dich anzusprechen beziehungsweise an Deiner Haustür zu läuten – ich weiß, ich bin ein Feigling! –, aber Du kannst Dir nicht vorstellen, wie sehr ich mich schämte. Ich strich also um Dein Haus und um Deine Schule herum, wohin ich Dir mit dem Auto folgte (ganz so wie der alte Richard in dem Schluss, den Du für meine Geschichte erzähltest), und wusste nicht, wie ich es einfädeln sollte, mit Dir zu reden und Zeit zu verbringen, ich sehnte mit aller Kraft herbei, Dir gegenüberzustehen und Dich in die Arme zu nehmen, mit Dir ein Glas Wein zu trinken, gemeinsam zu kochen wie in alten Zeiten, Dir Geschichten zu erzählen und welche von Dir zu hören, mit Dir zu reden und zu lachen. Doch ich fand den Mut nicht, Dich anzusprechen, was hätte ich Dir sagen sollen, dass ich zufällig vor Deinem Haus oder Deiner Schule Urlaub machte? Die Situation wäre unangenehm und verkorkst gewesen und das wollte ich nicht, wie ein kleiner Junge drehte ich um und fuhr nach Hause zurück.

Als ich nach Hause kam, fand ich eine weitergeleitete E-Mail von meinem Verlag vor, in der eine Dame von der Kulturservicestelle des Landesschulrats Tirol bei mir anfragte, ob ich Interesse hätte, eine einwöchige Schreibwerkstatt an einer Höheren Schule abzuhalten – die Höheren Schulen war auf einer Liste angeführt –, und ich hielt es für einen Wink des Schicksals, dass auch das Mädchengymnasium, an dem Du unterrichtest, angeführt war. Unser Wiedersehen würde also – offiziell – auf einem Zufall beruhen und das wäre gut so. Ich telefonierte mit der Dame und sagte ihr, dass ich mich unter der Bedingung anmelden würde, dass ich diesem bestimmten Mädchengymnasium zugeteilt werde, und sie sagte mir sofort am Telefon zu, dass dies in Ordnung gehe, es wunderte mich zwar ein bisschen, dass alles so schnell, kommentarlos und unkompliziert ging, aber ich fragte nicht nach.

Die Aussicht, Dich bald wiederzusehen und eine ganze Woche mit Dir verbringen zu dürfen, hielt mich über Wasser und ließ mich den Winter gut überstehen, ich schrieb an meinem Roman, beaufsichtigte die Handwerker, traf ab und zu Bernhard auf ein Bier.

Ich genoss die Woche mit Dir, ich genoss Deine Nähe, ich fühlte mich wohl, geborgen und glücklich und ich bin Dir auch dankbar, dass Du mich überzeugtest, mich zu stellen, meine Erleichterung ist so groß, das jahrelange Leben mit meiner Lüge (schuldig werde ich mich zwar den Rest meines Lebens fühlen) ist endlich, endlich vorbei! Das verdanke ich Dir! So oft wollte ich mich stellen, um das Ganze zu beenden, fand aber nie den Mut, Du gabst mir die Kraft dafür.

Mein neues Leben kann beginnen und ich wollte Dich fragen, ob Du Dir vorstellen kannst, ein Teil davon zu sein, ich würde Dich sehr gerne öfter sehen und mehr Zeit mit Dir verbringen, es würde mir viel bedeuten, Mathilda, ich liebe Dich.

Dein Xaver

Mein lieber Xaver!

Ich sitze unter der mächtigen Silberpappel, auf der Du als Kind herumgeklettert bist und der Du als Neunjähriger den Namen »Gabriel« gabst, nach dem Erzengel Gabriel, der in Deiner Geschichte eine wichtige Rolle spielte. Der Wind weht leicht durch Gabriels silbrige Blätter und bringt eine leise Musik hervor. Alles ist grün und ruhig hier, das Haus ist auf einer Anhöhe und man sieht unter sich nur Wiesen und Wälder, in der Ferne sieht man den kleinen Kirchturm, es ist fast kitschig, so idyllisch ist es hier.

In ein paar Jahren (vielleicht zehn?) wird unser Sohn hier auf Gabriel herumklettern, vielleicht auch einmal herunterfallen und weinend zu dir, mir oder seiner Großmutter laufen, um getröstet zu werden. Der Junge heißt Julius oder Julian und sieht eindeutig mir ähnlich. Seine Schwester, die Carolina oder Eleonore heißt, ist ganz der Papa, sie hat Deine Wangengrübchen, Deine dichten, dunklen Locken und grünen Augen geerbt. Sie ist die Aufgewecktere von den beiden, wohingegen Julius/Julian der Besonnene und Ernsthafte ist. Er will einmal Schriftsteller werden wie sein Vater. Das Mädchen will, und das redete ihm die Großmutter ein, ein großes Schuhgeschäft eröffnen, die Schuhe dafür will es selber entwerfen. Jeden Abend stöckelt die kleine Carolina/Eleonore mit den roten Lackschuhen ihrer Oma vor uns auf und ab und wir brechen fast nieder vor lauter Lachen. Wir sitzen auf der Terrasse, essen zu Abend und lachen. Du bist mittlerweile ein bekannter Schriftsteller, Deine Bücher verkaufen sich gut und ich arbeite ein paar Stunden als Deutschlehrerin in der nächsten Stadt. Deine Mutter hilft mir im Haushalt und bei den Kindern, und wir verstehen uns alle gut.

Du schreibst oft bis in die Nacht hinein und ich lese im Bett. Wenn es mir zu lange dauert, komme ich zu Dir in das Arbeitszimmer, ich setze mich rittlings auf Deinen Schoß und küsse Dich. Ich bedecke Dein Gesicht mit tausend kleinen Küssen, bis ich Deinen Mund finde. Deine Küsse sind warm und schmecken nach Milchreis. Ich ziehe Dir Deinen Pullover aus, während Du versuchst, die elektrische Schreibmaschine auszuschalten. Mit meinen Fingerkuppen fahre ich über Deine goldbraune, weiche Haut, fahre über die Schulter über die Achsel bis zu Deinen Brustwarzen und weiter bis zum Nabel. Du schiebst den Stuhl zurück, stehst mit mir auf, ich habe meine Beine um Deinen Rücken geschlungen. Du gehst mit mir im Raum auf und ab, während wir uns wieder und wieder küssen. Du legst mich auf den Perserteppich Deines Großvaters und wir lieben uns.

Am nächsten Tag frühstücken wir alle fünf auf der Terrasse. Es ist harmonisch. So wird es sein. Ich freue mich auf unsere Zukunft.

Mathilda

MATHILDAS BRIEF AN XAVER AUS DEM KRANKENHAUS

Mein lieber Xaver!

Ich diktiere diesen Brief meiner Freundin Silvia, da ich zu schwach bin, um selber zu schreiben und da ich mir auch beim Sprechen schwertue, wird der Brief nur kurz sein.

Am 14. Oktober, an dem Tag also, an dem du das Metallkästchen mit Dorothys Briefen und meinen Text fandest – das ist kein Scherz!! –, erhielt ich im Krankenhaus die Diagnose, dass ich an Brustkrebs erkrankt bin und nicht mehr lange zu leben habe. (Ja, so wie du es dir im Schluss für meine Geschichte ausgedacht hast!) Es klingt jetzt vielleicht eigenartig, aber der erste Gedanke, den ich hatte, war: »Es ist gut so, wie es ist!«, und der zweite Gedanke, der kam, war: »Ich möchte noch einmal Xaver sehen.«

Ein paar Tage zuvor hatte mir meine Bekannte Anita, die im Landesschulrat arbeitet, von dem geplanten Projekt »Schüler/in trifft Autor/in« erzählt und gesagt, dass zurzeit dafür österreichische Schriftsteller gesucht und angeschrieben werden. Nachdem ich die Diagnose erhalten hatte, bat ich sie, auch bei dir anzufragen, ob du bei dem Projekt mitmachen möchtest. Als sie deine positive Antwort erhielt, traf ich sie und sagte ihr, sie solle mir den Gefallen tun und dich meiner Schule zuweisen. (Auch das hast du dir ausgedacht, hast du es denn geahnt?) Jetzt, nachdem ich deinen Brief gelesen habe, verstehe ich auch ihr verschmitztes Lächeln und ihre Frage: »Na, eine alte Liebe?« Mehr sagte sie nicht, ich wusste also nicht, dass du vorher um dasselbe gebeten hast. Wir wollten uns also beide unbedingt wiedersehen und wollten, dass es jeweils der andere für einen Zufall hält! Ich musste lachen, als ich das in deinem Brief las.

accident

Ich erzählte dir nichts von meiner Krankheit, es wäre mir unangenehm gewesen, wenn du gewusst hättest, dass ich nicht mehr lange lebe und dich deshalb wiedersehen wollte. Ich glaube, auch für dich wäre es unangenehm gewesen. Du hättest vielleicht nicht gewusst, wie du mit mir umgehen sollst, das wollte ich auf alle Fälle verhindern.

Auch ich freute mich wahnsinnig auf unser Wiedersehen. Auch ich sehnte mich mit aller Kraft danach, dir noch einmal gegenüberzustehen, dich zu umarmen, mit dir ein Glas Wein zu trinken, mit dir wie in alten Zeiten gemeinsam zu kochen, deine Geschichten zu hören und dir welche zu erzählen, mit dir zu reden und zu lachen. Auch ich habe die Tage mit dir sehr genossen, es gab nur einen Unterschied: Ich wusste, dass es das letzte Mal sein würde.

Zu deinem neuen Leben ohne die quälenden Geister der Vergangenheit wünsche ich dir viel Glück, Xaver, ich liebte dich immer.

Deine Mathilda

EPILOG

Gesendet: 25. Juni 2012
Von: Kulturservicestelle des Landes Tirol

Liebe Deutschlehrer/innen!

Die Kulturservicestelle möchte sich ganz herzlich für das Engagement aller beteiligten Deutschlehrerinnen und Deutschlehrer beim Projekt »Schüler/in trifft Autor/in« bedanken! Das Feedback der Autor/inn/en war durchwegs sehr positiv und eine Wiederholung im nächsten Jahr wurde bereits erbeten. Die Werke der Workshopteilnehmer/innen wurden gesammelt und gegenwärtig ist eine fünfköpfige Jury (bestehend aus fünf Autor/inn/en, die beim Projekt beteiligt waren) dabei, die besten davon auszuwählen. Sie werden in einem Buch erscheinen und im Herbst vorgestellt. Der Termin wird noch bekannt gegeben.

Wir wünschen Ihnen allen erholsame Ferien und einen motivierten Start im September!

Herzlich,

Mag. Anita Tanzer

lesen = las

Unsere Deutschlehrerin

Unsere Deutschlehrerin hieß Mathilda Kaminski. Sie unterrichtete uns fünf Jahre lang in Deutsch und außerdem war sie unser Klassenvorstand. Sie war eine gute Lehrerin, die immer ein offenes Ohr für uns und unsere Probleme hatte. Ihr Unterricht war abwechslungsreich und nie langweilig. Wir lasen viel und diskutierten über die Bücher, wir gingen ins Theater, machten Rollenspiele. In der Unterstufe, wenn wir Rechtschreib- und Grammatikthemen durchmachten, bereitete sie aufwendige Freiarbeiten vor, weil wir offenes Lernen gerne mochten. Sie gestaltete jedes Jahr eine Lyrikwerkstatt für uns und unsere verfassten Gedichte ließ sie immer in einer Broschüre drucken und jede Schülerin bekam eine. Sie tat so viel für uns. Oft, wenn wir gemeinsam ein Buch lasen und eine Stelle lag ihr besonders auf dem Herzen, ließ sie sich vor lauter Begeisterung hinreißen und rief: »Lasst euch das doch auf der Zunge zergehen, Mädels, ist das nicht köstlich?« Jedes Mal, wenn ich ein Buch lese und es mir gefällt, muss ich an dieses »Ist das nicht köstlich?« von Frau Kaminski denken. Sie war immer flott gekleidet und dezent geschminkt, was uns Mädels sehr gefiel. Man schätzte sie wirklich zehn Jahre jünger. Sie war immer gut drauf, ihre fröhliche und positive Art riss uns mit. Alles war nur noch halb so schlimm, nachdem man es mit ihr besprochen hatte.

Im letzten Winter bekamen wir mit, dass es Frau Kaminski nicht gut ging, sie wurde immer dünner und blieb manchmal zu Hause. Vorher war sie kaum einmal im Krankenstand gewesen, deshalb wunderten wir uns darüber. Wir fragten sie auch und sie antwortete, dass es mit ihrer Gesundheit zu tun habe, aber mehr sagte sie nicht. Wir wussten nicht, dass sie an Krebs erkrankt war und nicht mehr lange zu leben hatte.

Anfang März fand an unserer Schule ein Schreibworkshop statt, den ein bekannter Jugendbuchautor leitete. Insgesamt dreißig Schülerinnen von der Oberstufe nahmen daran teil, von unserer Klasse waren es mit mir fünf, die sich dafür angemeldet hatten. Der Schriftsteller hieß Xaver Sand. Ich kannte seine Bücher *Engelsflügel, Engelskind* und *Engelsblut*, weil uns Frau Kaminski in der dritten Klasse einmal davon erzählt hatte. Daraufhin hatte ich sie mir in der Stadtbücherei ausgeliehen und gelesen. Sie gefielen mir sehr gut.

Dieser Schriftsteller war wie Frau Kaminski vierundfünfzig Jahre alt. Von Anfang an spürte ich, dass da irgendetwas zwischen den beiden war oder noch immer ist. Ich spürte eine prickelnde Spannung zwischen den beiden. Es war die Art, wie sie sich ansahen und miteinander umgingen, es wirkte irgendwie so sehnsüchtig. Mir fiel auch auf, dass sie sich ein bisschen ähnlich sahen, und meine Mutter hatte mir einmal erzählt, die Gesichtszüge von Menschen, die lange zusammenleben, würden sich immer ähnlicher. Außerdem sprachen sie gleich! Als Susanna von der Parallelklasse ihre Kurzgeschichte vorlas, sagte Herr Sand plötzlich bei einer Stelle laut: »Mein Gott, ist das köstlich!« Wir zuckten alle zusammen und schauten zu Frau Kaminski hinüber, die unsere Blicke aber nicht bemerkte, weil sie gerade Herrn Sand ansah. Mit einem besonderen Lächeln im Gesicht.

Niemand wusste etwas Genaues über die beiden und wir wurden immer neugieriger. Wir fragten Frau Kaminski, ob sie Herrn Sand erst jetzt beim Workshop kennengelernt habe oder schon länger kenne. Sie antwortete offen, dass sie früher in Wien lange Zeit befreundet gewesen seien. Damit ging unter uns Schülerinnen die Gerüchteküche natürlich los. Wir malten uns alles Mögliche über die zwei aus.

Der Schreibworkshop war wirklich interessant und spannend. Zum Schluss gab es eine Lesung, die Frau Kaminski organisiert hatte und zu der die Eltern eingeladen worden waren. Die Schülerinnen lasen ihre Texte vor und das Ganze wurde von Frau Kaminski und Herrn Sand moderiert, sie waren dabei echt witzig.

Am 5. Mai starb Frau Kaminski im Krankenhaus und am 18. Mai fand das Begräbnis statt. Alle Klassen, die sie unterrichtet hatte, kamen zu ihrem Begräbnis, alle Lehrer und auch die Direktorin. Die Kirche war mehr als voll! Die Messe war sehr berührend und alle weinten. Viele ihrer Schülerinnen, auch ich, lasen Texte vor. Wir, ihre Klasse, die 5a, sangen Frau Kaminskis Lieblingslieder, auch wenn sie nicht so sehr zu einer Begräbnismesse passten.

Auf dem Friedhof bemerkte ich plötzlich einen Polizisten und neben ihm stand Herr Sand, der Schriftsteller. Er stand weit hinten und starrte auf den Sarg, der gerade vom Pfarrer gesegnet wurde. Unendlich traurig sah er aus. Unter uns ging natürlich sofort ein Getuschel los und alle schauten zu ihm zurück. Wir waren sehr aufgeregt, als wir ihn da hinten stehen sahen! Es war alles so spannend und geheimnisvoll für uns. Wir hatten seinen Namen in den Wochen nach dem Workshop oft in Zeitungen gelesen und im Fernsehen gehört. Herr Sand hatte sich selbst gestellt, weil er damals bei der Entführung seines Sohnes nicht die Wahrheit gesagt hatte. Er war dann plötzlich ganz unvorhergesehen von der Staatsanwaltschaft in München wegen Mordes angeklagt worden, was aber aufgrund von mangelnden Beweisen fallen gelassen werden musste. In der Gerüchteküche hatte es natürlich heftig gebrodelt. Es wurde auch geredet, dass Frau Kaminski ihn überredet hätte, sich endlich zu stellen.

Kurze Zeit nach dem Workshop, der für sie sehr anstrengend gewesen sein muss, kam Frau Kaminski ins Krankenhaus. Wir wechselten uns am Anfang mit Besuchen ab, bis ein Arzt und eine Krankenschwester uns nahelegten, nicht mehr zu kommen. Es geht dem Ende zu, sagten sie und Frau Kaminski wollte nicht, dass wir sie in diesem Zustand sehen, sie wollte, dass wir sie anders in Erinnerung behielten, nämlich als unsere Deutschlehrerin, nicht als sterbende Frau.

Nach ihrem Tod kam noch eine Geschichte auf: Frau Kaminski war in den Armen des Schriftstellers gestorben. Herr Sand wurde von der Krankenschwester angerufen und bekam Freigang aus dem Gefängnis. Er schaffte es gerade noch rechtzeitig ins Krankenhaus und sie durften dann ganz alleine sein.

Für mich ist es keine Geschichte, für mich ist es die Wahrheit.

Valentina, 15 Jahre, 5a